원전과 뜻풀이로 읽는
유학 사상의 진수

대 학

대학

초판 발행 ı 2008년 3월 5일
초판 2쇄 발행 ı 2015년 9월 7일

옮긴이 ı 이동환
펴낸이 ı 조미현

펴낸곳 ı (주)현암사
등록 ı 1951년 12월 24일 · 제10-126호
주소 ı 04029 서울시 마포구 동교로 12안길 35
전화 ı 365-5051 · 팩스 ı 313-2729
전자우편 ı editor@hyeonamsa.com
홈페이지 ı www.hyeonamsa.com

ⓒ 이동환 2008

ISBN 978-89-323-1478-5 03820

원전과 뜻풀이로 읽는
유학 사상의 진수

대 학 大學

이동환 역해

현암사

'대학'의 뜻, 그리고 『대학』이란 책

'대학'에는 엄밀히 말해서 세 가지 뜻이 있다.

첫째는 소학小學과 대칭되는 말로 고대 중국에서 고등교육을 실시하던 최고학부를 일컫는 말이다. 이 경우 '대학'은 '태학'이라 읽고 '태학太學'으로 쓰기도 한다.|실제로 예전에는 大를 태로 읽었고 太와 같은 뜻이었음| 소학으로는 우대虞代|순舜의 시대|에는 하상下庠, 하대夏代|우禹의 시대|에는 서서西序, 상대商代|탕湯의 시대|에는 좌학左學, 주대周代에는 우상虞庠이 있었다. 이에 대하여 태학으로 우대에는 상상上庠, 하대에는 동서東序, 상대에는 우학右學, 주대에는 동교東膠가 있었다고 한다.

우·하·상대는 왕조 자체가 아직 전설의 범위를 벗어나지 못한 만큼 학제에 대해서도 기록을 고스란히 믿기는 어렵다. 그러나 주대는 중국의 고대 문화가 본격적으로 꽃피기 시작한 시기이고 보면 학제에 대한 기록도 어느 정도는 믿어도 좋을 것이다.

물론 태학 제도가 본격적인 체제를 갖춘 것은 한대漢代 이후의 일로 보아야 하겠지만, 『맹자』「양혜왕梁惠王」에 "상·서의 교육을 삼간다謹庠序之敎"는 말이 나오는 걸 보면 맹자 이전에 이미 그 연원이 시작되었음을 알 수 있다. 조선의 성균관成均館, 고려의 국자감國子監|국학國學|, 신라의 국학國學|태학감太學監| 등도 모

두 이 제도이다.

대학에 입학하는 연령에 관해서는 두 가지 설이 있다. 한대 복승伏勝이 지은 『상서대전尙書大傳』에는 "공경公卿의 태자와 천자의 상사上士인 원사元士의 적자는 열세 살이 되면 소학에 들어가고, 스무 살에는 태학에 들어간다"고 했고, 한대 반고班固의 『백호통白虎通』에는 "여덟 살에 소학에 들어가고 열다섯 살에 태학에 들어간다"고 했다. 송 주희朱熹는 『백호통』의 설을 따라 「대학장구 서大學章句序」에서 아래와 같이 단정했다.

삼대三代|하夏·은殷·주周|가 융성했을 때에 그 법제가 점차 갖추어진 뒤에는 왕궁王宮과 국도國都에서 시골 마을에 이르기까지 학교가 없는 곳이 없었다. 그리하여 사람이 나서 여덟 살이 되면 왕공王公 이하 서인庶人에 이르기까지 모든 이의 자제들을 다 소학小學에 입학시켜 물 뿌리어 쓸고灑掃, 응대應對하고, 나아가고 물러가는進退 등의 절도와, 예법·가악歌樂·활쏘기·말馬 몰기·문자·산수 등에 관한 초보적인 것을 가르쳤고, 열다섯 살이 되면 천자의 아들들부터 공경·대부·원사元士의 적자嫡子들과 일반 백성의 아들 중 빼어난 자에 이르기까지 모두 태학에 입학

시켜 이치를 탐구하고窮理 마음을 바르게 하며正心, 자신을 닦고
修己 남을 다스리는治人 방도를 가르쳤다.

주희의 이 글에서 우리는 소학과 태학에 취학하는 자들의 자
격·신분과 거기에서 베풀어졌던 교육 내용까지 파악할 수 있다.
한 마디로 말해서 태학은 당시에 이상적인 인격을 갖춘 지도층을
양성하던 곳이다. 이 점에서 오늘날 대학의 성격과 근본적으로
통한다.

둘째가 책이름으로 바로 이『대학』이다.『대학』은 본래 한漢
대 성戴聖이 지은『소대례기小戴禮記』[보통『예기』로 부른다] 49편 중
제 42편에 들어 있던 것인데, 송대에 와서『예기』에서 떼 내어
단행본으로 따로 다루기 시작했다. 정호程顥·정이程頤 형제의
토론과 연구를 거쳐 주희에 이르러『대학장구』가 이루어지고 동
시에『중용』『논어』『맹자』와 함께 사서四書로 꼽히게 되었다.
이후 중국·우리나라·일본 등지에서 학자들이 반드시 공부해
야 할 필수서가 되었다.

주희는『예기』의「대학편大學篇」에는 문장의 순서가 바뀐 것이

나 빠진 내용이 있다고 인정했다. 그래서 『장구』를 지을 때 문맥과 전후의 논리를 따져 뒤바뀐 내용을 정리하고 빠진 것은 보충했기 때문에 사서 중의 『대학』과 십삼경주소본十三經注疏本 『소대례기』의 「대학」과는 문맥이 같지 않다. 주희는 또 전체를 '경經' 1장과 '전傳' 10장으로 가르고, '경'은 증자曾子가 공자의 생각을 기술한 것이고 '전'은 증자의 문인이 증자의 생각을 기록한 것이라 했다. 여기서 『대학』의 작자 문제가 대두되는데, 이에 대해선 여러 설이 난립하여 일치하지 않는다.

주희는 『대학』 속의 '증자왈曾子曰'이라는 구절에 근거하여 『대학』은 증자에게서 나왔다고 했다. 그러나 한대의 정현鄭玄은 『예기목록禮記目錄』에서 공자의 손자인 자사子思|이름은 급伋|가 『중용』을 지었다고만 했을 뿐 『대학』의 작자에 대해서는 말하지 않았다. 그런데 한대의 가규賈逵는 "공급孔伋이 송宋|중국 춘추 시대의 나라. 상商의 후예인 미자微子에게 봉해 준 나라|에 살면서 가학家學인 공자의 학문이 흐려지는 걸 우려하여 『대학』을 지어 경經으로 하고, 『중용』을 지어 위緯로 했다"고 하였다. 이에 따르면 『대학』도 자사가 지은 것이 된다. 자사는 증자의 문인인데, 주희는 『대학』의 '전문傳文'은 증자의 생각을 그 문인이 기록했다고 했으니,

결국 『대학』도 자사가 기술한 것이 아니겠는가고 하는 사람도 있으나 믿을 수 없는 말이다. 호적胡適·전목錢穆 같은 최근의 학자들은 『중용』과 함께 『대학』도 작자를 알 수 없다고 단정하고, 시대적으로도 진秦·한漢 사이에 나온 것으로 내려 잡고 있다.

어쨌든 『대학』은 유가儒家에서 매우 중요한 책인 것만은 사실이다. 먼저 『대학』에 대한 주희의 언급을 들어 보자.

주희는 「대학장구 서」의 첫머리에서 "『대학』이란 책은 옛날 태학에서 사람을 가르치던 법을 다룬 것이다"라고 정의했다. 그리고 「독대학법讀大學法」에서는 "대학은 공자께서 옛사람들이 학문을 하는 대방大方을 말씀하신 것을 증자께서 기술하시고, 문인이 또 전술傳述하여 그 뜻을 밝힌 것이다"라고 했으며, 「대학장구 서」의 말미에서는 "국가가 백성을 교화하고 훌륭한 풍속을 이룩하려는 의도와 배우는 이들이 자신을 닦고 남을 다스리는 방도에는 적으나마 반드시 보탬이 없지는 않을 것"이라고 겸사를 곁들여 『대학장구』의 효능을 말했다.

그리고 그에 앞서 정이는 "초학初學이 덕에 들어가는 문"이라고 말했다.

이상의 언급을 종합하면 『대학』은 유교적인 실천철학의 방법

8

을 제시한 책이자 덕치주의의 개론서라 하겠다.

실제로『대학』은 그때그때 일어나는 일들에 대한 문답을 계통 불분명하게 전개한『논어』『맹자』와는 달리 유가의 책들 중에서 가장 완전한 체계를 갖춘 책이다.『대학』에서 제시한 '삼강령三綱領·팔조목八條目'은 모든 유가 이론을 아우를 수 있는 개념이며, 질서 정연하게 배치되어 완벽한 짜임새를 보여 준다.

또『대학』은 내용에서『중용』과 표리 관계를 이룬다.『중용』이 '천도天道'를 다룬 데 대해『대학』은 주로 '인사人事' 즉 '다스림의 방도'를 논하는 것이 특색이다.『대학』의 사상은 '삼민주의三民主義'를 제창한 손문孫文의 이념에 큰 영향을 끼쳤다.

대학이란 말의 셋째 뜻은 학문의 한 범주로서의 대학이다. 주희는 "대학이란 대인大人의 학學이다"라고 했고, 왕양명王陽明도 "대학이란 무엇인가? 대인大人의 학學이란 말이다"라고 했다. 여기서 '대인'이란 어떤 사람을 가리키는가? 한 마디로 '덕이 있는 사람有德者'을 말한다. 즉 대인은 군자 또는 성인聖人과 같은 의미이다.

『논어』「계씨季氏」"대인을 두려워한다畏大人"는 말의 주에 "대인은 성인이다"라고 했거니와, 왕양명은 "대인은 천지 만물을 일체로 여긴다"고 했다. 왕씨의 설명은 인仁에 푹 젖은 성인聖人을 가리킨 말이다. 또 '군자'라는 말에는 '재능과 덕이 있는 사람'이란 뜻 외에 '다스리는 지위에 있는 사람有位者'이라는 뜻도 있다. 이 한 조각의 말에서도 "정치는 덕이 있는 사람이 해야 되고, 정치하는 이는 반드시 덕이 있어야 한다"는 과거 동양 사람들의 한 신념을 엿볼 수 있다. '덕'이란 정치에서 '일을 처리하는 수완' 그 이전의 '바탕'인 것이다. 결국 대인은 군자·성인과 마찬가지로 온전한 덕성을 지닌 이상적인 인간상으로서 나라와 국민을 다스리는 자리에 나아갈 수 있는 자질을 갖춘 사람이라고 정의할 수 있다. 대인의 학문은 그러한 대인을 양성하기 위한 학문이다.

여기서 '학문'이란 말도 실천과 분리되어 순 이론만을 탐구하는 오늘날의 학문과는 달리 실천의 의미가 강하다. 『맹자』「고자告子」의 "학문의 도는 다른 게 없고 그 잃어버린 마음을 찾는 것일 따름이다"라는 말이 이 뜻을 잘 웅변해 준다. 이 대인의 학의 내용이 바로 『대학』의 내용으로, 앞에 인용한 주희의 「대학장구 서」 가운데 "궁리窮理·정심正心·수기修己·치인治人의 도"로 요약되어 나타나 있다. 이것은 소학의 "쇄소·응대·진퇴의 절節"과

"예禮·악樂·사射·어御·서書·수數의 문文"에서 나아간 한층 높은 단계의 것으로 고급 인재를 육성하는 데 필수적인 것들이다.

끝으로 선진 시대先秦時代의 교육 제도와 교육 내용에 대해서는 이론의 여지가 있다는 점을 밝혀 둔다. 위에 논술한 것은 주희의 「대학장구 서」에 언급된 재래의 설을 그대로 정리한 것에 불과한데, 이것을 하나의 역사적인 사실로 비판 없이 받아들일 수 없음이 사실이다. 결국 대학의 교육 제도와 교육 내용은 진이 천하를 통일한 이후 강력하게 대두된 법가法家들의 법치주의에 대한 유가 덕치주의의 사상적 저항의 산물이라 하겠다. 다시 말해 발달 과정에 있었던 선진 시대의 교육 기관과 교육 내용에 빗대어 전개한 하나의 이상론이라고 볼 수 있을 것이다. 따라서『대학』이 출현한 것도 진·한 사이일 것으로 추정된다.『시경詩經』『서경書經』『역경易經』『논어』『맹자』『주례周禮』『좌전左傳』『노자老子』『장자莊子』등 선진 시대의 중요한 전적들에는 대학이란 말이 전혀 보이지 않는다.

경문經文과 전문傳文

앞에서 살펴보았듯이 『예기』 속의 「대학」 고본에는 원래 '경문'과 '전문'의 구별이 없었다. 이것을 송 주희가 『대학』 고본을 정비하여 '경' 1장과 '전' 10장으로 나눈 때부터 구별이 생긴 것이다. 경과 전을 구별하는 것은, '성인의 말을 경, 그 경의 내용을 부연·해명하는 의미를 지니는 현인의 말을 전聖經賢傳'이라고 하여 차등을 둔 데에 근거한다.

경문은 『대학』의 핵심적인 부분으로 총론에 해당되는데, 주희는 그것이 공자가 품었던 생각이라 하여 '경'이라 불렀다. 여기에서 명명덕明明德·친민親民·지지선止至善의 삼강령과 격물格物·치지致知·성의誠意·정심正心·수신修身·제가齊家·치국治國·평천하平天下의 팔조목이 제시되고, 이것들을 중심으로 일단 『대학』의 골격이 세워진다.

이에 대하여 전문은 경문을 연술演述한 각론 격으로 증자에게서 나왔다고 하여 '전'이라 이름했다. 여기에선 명명덕·친민·

지지선·본말本末·격물치지·성의·정심수신·수신제가·제가치국·치국평천하의 10개 항목을 두고,『시경』『서경』을 중심으로 격언과 속담들을 이끌어 와서 경문의 대의를 해설한다. 다만 격물치지의 장은 고본에서는 탈락되었던 것을 주희가 자기 견해에 따라 보충해 넣은 것이다. 전문에서는『대학』이 탄생하기까지 쌓여 온 고대 중국의 역사와 사상의 일부를 엿볼 수 있다.

차례

경문 經文

전문 傳文

범례

- 이 책은 『대학大學』을 주희朱熹 장구본章句本의 순서에 따라 전편全 篇을 번역, 주석, 뜻풀이한 것으로, 2000년 나남출판사 간본에서 면 모를 일신하여 낸 것이다.

- 이해를 돕기 위해 차례에서 보는 대로 대·소 단락을 짓고 각기 적당한 제목을 붙였다.

- 원전 내용의 학적學的 성격을 고려하여 직역 위주로 하되 경우에 따라 의역을 채택하기도 했으며, 최대한 현대의 언어 감각에 맞게 옮겼다. 주석은 한학漢學적 입장의 정현鄭玄과 송학宋學적 입장의 주희의 것을 참호參互했으나 필요한 경우 다른 학자의 견해를 소개 해 두었다.

- 재래식 토를 현대 문법에 맞게 수정하여 고토에 익숙지 못한 젊은 학도의 학습에 이바지하고자 하였다.

- 뜻풀이에 인용한 경서는 서명·편명과 해당 원문을 함께 실었다. 경서 이외 제가의 풀이에는 서명과 편명만 명시하고 원문은 생략하 였다.

- 특별한 의미를 지니는 유교 용어들은 처음 나올 때에는 한자를 병 기하고 ' '로 묶어 표시하였고, 두 번째 나올 때부터는 한자 없이 ' '로만 표시하였다. 단 음이 같아 혼동될 수 있는 말들에는 필요할 때마다 한자를 병기하였다.

경문 經文

1

대학의 도 세 가지 三綱領

대학의 도는 밝은 덕을 밝히는 데 있으며 백성을 새롭게 하는 데 있으며 지극한 선에 머무름에 있다.

大學之道는 在明明德하고 在親(新)民하며 在止於至善하다.

㊀ ▪道(도) : 길路 ▪이치理 ▪방법術 등 여러 뜻이 있다. 명대明代 등퇴암鄧退菴의 『사서보주비지四書補註備旨』 등 두셋 주해서에서는 '도'를 '학學의 방법' 또는 '수양 방법' 등으로 풀이하기도 했다. 그러나 여기서는 방법이라기보다는 '이념'으로서 지향할 길이라고 보는 것이 타당하겠다. ▪明明德(명명덕) : 첫 명明 자는 동사. 밝히다. ▪親|新(친|신) : 『예기禮記』「대학大學」에 '친親'으로 되어 있던 것을 정이程頤가 "친親은 신新으로 보아야 한다"고 이의를 제기한 뒤부터 말썽이 되었다. 정씨

이전에는 모두 '친'자를 글자대로 받아들여 풀이했다. 당대唐代의 공영달孔穎達 같은 이도 『예기』「대학」의 소疏에서 "백성들을 친애하는 데 있다"고 하여 '친親'으로 보았다. 정씨 이후에도 명대明代의 왕양명王陽明 같은 이는 여전히 '친민'으로 해석했다. 그러나 『상서尙書』「금등金縢」에 '친역親逆'이라 해야 할 곳에 '신역新逆'이라고 한 것 등 '친'과 '신'이 뒤바뀐 사례도 있을 뿐 아니라, '신민'으로 봄이 『대학』의 내용에도 더 맞을 것으로 생각된다.

뜻풀이

이 장에서 말하는 '대학'은 '대인의 학'이다. 그 '학'의 도가 밝은 덕을 밝히는 데 있다고 했고, 백성을 새롭게 하는 데 있다고 했고, 지극한 선에 머무는 데 있다고 했다. 밝은 덕을 밝힘明明德·백성을 새롭게 함新民·지극한 선에 머무름止至善, 이것이 대학의 삼강령三綱領으로 모든 유교 이론을 아우를 수 있는 것들이다. 이제 이것들을 주희朱熹와 왕양명王陽明의 설명에 근거하여 살펴본다. 이들은 원시 유교를 철학적으로 심화시킨 두 거장이지만, 견해는 서로 달랐다. 특히 왕양명은 그의 학문의 정수가 이 『대학』 머리 부분을 풀이하는 데서 나타났다 해도 과언이 아니다.

'밝은 덕을 밝힘明明德.' 먼저 주희의 견해를 살펴본다.

그는 『대학장구大學章句』에서 '명덕'을 "사람이 하늘로부터 얻어 온 허령불매虛靈不昧한 것으로 모든 이치를 갖추어서 온갖 일에 대응하는 것"이라고 했다.

그럼 하늘天은 무엇인가? 이것부터 알아야 하겠다.

천天에는 엄밀히 말해서 네 가지 뜻이 있다. 그 첫째는 과학의 대상이 되는 물리적 자연으로서, '상천하지上天下地'의 '상천'이다. 둘째는 만물을 주재하는 존재로서 인격신을 나타내는 천제天帝·천신天神·상제上帝·상천上天 등의 의미이다. 상천은 천제가 있는 곳으로, 곧 천제를 가리키게 된 것이다. 이 인격신으로서의 천天은 주로 원시 신앙의 대상이 되어 왔다. 서양의 하느님god에 해당한다고 할 수 있다. 셋째는 운명·숙명의 뜻이다. 이것은 주재하는 존재인 '천'의 섭리를 바로 '천'으로 부른 것이다. 넷째는 후세에 와서 강조된 것으로 이理의 근원으로서 본체론적本體論的 의미를 가진 형이상의 '천'이다. 앞에서 주희가 말한 하늘은 넷째의 의미이고, 여기에 이 '하늘'을 이끌어 온 것은 인성人性을 우주의 본체로써 근거 짓는 태도다.

다음 '허령불매'는 인간의 마음을 두고 하는 말이다. 하늘에서 받아 온 인간 마음의 본연의 상태가 혼암昏闇한 것이 아니라 영명하다는 말이다. '모든 이치를 갖추었다'는 것은 인仁·의義·예禮·지智로 통괄되는 인간 행위의 모든 규범·준칙, 일체의 도리가 하늘이 부여해 준 것으로 마음에 이미 내재해 있다는 말이다. 이 마음에 내재해 있는 이理를 '성性'이라고 했다. '온갖 일에 대응한다'는 것은 외계의 사물과 접할 때 그 마음에 이미 내재되어 있는 '이'가 실현됨을 말한다. '모든 이치를 갖추었음'이 '명덕'의 본체體이고 '온갖 일에 대응함'이 '명덕'의 운용用이다.

이것을 종합하면 인성은 단순한 현상계의 사실이 아니라 본체론적인 근거를 가진 것으로, 윤리 도덕의 법칙 등을 날 때부터 모두 갖추고 있으며 영명한 상태가 본 모습이라는 것이 주희가 말한 내용이다.

다음은 『대학문大學問』에서의 왕양명의 설명이다.

"대인은 천지 만물을 일체로 여기는 자이다. 천하를 한 집 같이 보며 중국을 한 사람 같이 보나니 저 형해形骸를 사이에 두고 너와 나를 나누는 자는 소인이다. 대인이 능히 천지 만물을 일체로 여기는 것은 그렇게 하려고 하여 하는 것이 아니라 그 마음의 '인仁'이 원래 이렇게 천지 만물과 하나이기 때문이다. 어찌 대인만이 이러하겠는가. 소인도 마음은 그러하지 않음이 없되 제 스스로 적게 만들었을 뿐이다. 이러므로 철모르는 어린아이가 우물에 빠지려는 것을 보고는 반드시 측은한 마음이 생기니, 이는 그 '인'이 어린아이와 일체가 됨이다. 어린아이는 그래도 같은 사람이라서 그렇다고 하자. 조수鳥獸가 슬피 울고 벌벌거림을 보고는 반드시 차마 그냥 두고 보지 못하는 마음이 생기니, 이는 그 '인'이 조수와 일체가 됨이다. 조수는 그래도 지각이 있는 생물이어서 그렇다고 하자. 초목이 꺾어지는 것을 보고는 반드시 애틋하게 여기는 마음이 생기니, 이는 그 '인'이 초목과 일체가 됨이다. 초목은 그래도 살려는 의지가 있는 생물이라 그렇다고 하자. 기왓장이 훼손되고 무너지는 것을 보고는 반드시 애틋하게 여기는 마음이 생기니, 이는 그 '인'이 기왓장과 일체가 됨이다. 이처럼 일체가 되는 '인'은 소인의 마음에도 반드시 있나니, 이는 실로 하늘이 내려 준 '성'을 좇아 우러나 자연히 영소불매한 것이다. 그래서 명덕이라고 한다."

왕양명은 이와 같이 명덕을 천지 만물과 하나가 되는 커다란 '인'으로 파악했다.

'명덕'에 대한 주·왕 두 사람의 견해에는 위에서 본 것처럼 차이가 있다. 그러나 그 차이는 근본적인 대립이 아니라 같은 바탕에서 나타난 작은 차이일 뿐이다. '명덕'이란 하늘이 모든 사람에게 똑 같이 부여했다는 것, 그리고 밝은 것이 그 본 모습이라는 데는 근본적으로 일치하고 있다.

다음으로 '명덕'은 본래 밝은 것인데 그것을 다시 '밝힌다'는 것은 어떻게 한다는 뜻인지, 역시 두 사람의 설명을 통해 알아 본다.

주희는 '명덕'의 본 모습이 허령불매함을 밝히고 나서 다시 다음과 같이 말했다.

"다만 기품氣稟에 구애되고 욕심에 가려지면 때로 어두워지게 된다. 그러나 그 본체의 밝음은 사라지지 않는 것이다. 때문에 배우는 자는 그것이 드러나는 바에 근거하여 밝혀 가서 그 원초의 상태를 회복해야 할 것이다."

기품이란 '이理'와 '기氣' 중에서 '기'에 속하는 것이다. 이기론理氣論은 후세 유교 철학의 중심적인 체계로서 간단하게 설명하기는 어렵지만, 여기선 일단 주희의 『대학혹문大學或問』에서 '명명덕'을 설명한 내용에 근거하여 살펴본다.

주희는 『대학혹문』에서 만물이 가진 '성'의 근원은 형이상자인 '이'와 그에 상대되는 형질적인 것으로 형이하자인 '기'가 있다고 말했다. '이'는 모든 사물에 똑 같이 주어진 것으로 사람과 사물物 사이에 전혀 차등이 없는 보편·균일한 것이지만 '기'에는 바름 正·치우침偏·통함通·막힘塞의 차이가 있어서, 바르고 통하는 '기'를 얻은 것이 사람이고, 치우치고 막힌 '기'를 얻은 것이 '물物 |동물·식물 등|'이라고 했다. '물'은 그 치우치고 막힌 기에 아주 사로잡혀 버린 것이라는 의미이다. '이'가 추상적이고 보편적인 모습을 이루는 원리라면 '기'는 구체적으로 차별적인 모습을 만드는 원리다.

주희는 다시 일단 바르고 통하는 '기'를 타고 나온 인간에게도 맑고淸 탁하며濁 좋고美 나쁜惡 '기'의 질적 차이가 있기 때문에 지혜롭고智 어리석으며愚 훌륭하고賢 못난不肖 구별이 없을 수 없다고 했다. 이렇게 타고 나온 바탕이 되는 '기'가 바로 '기품'이다. '이'와 '기'는 떼려야 뗄 수 없는 이원二元이지만 '기'는 곧잘 '이'가

발휘되지 못하도록 저지하는 것으로 해석된다.

따라서 지극히 맑고 좋은 '기'를 타고 나온 상지上智·대현大賢이라야 본래의 '밝은 덕'을 최대한 발휘할 수 있고, 그렇지 않은 경우에는 기품에 구애되어 그 밝음이 흐려지기 때문에 '밝은 덕'을 온전히 발휘하지 못한다는 결론이 나온다. 그러나 기의 맑음·탁함·좋음·나쁨은 고정된 것이 아니라 언제든 변할 수 있는 것임을 덧붙여 밝혀 둔다. 여기서 어리석음에서 지혜로움으로, 못남에서 훌륭함으로 옮겨가기 위해 적극적으로 노력해야 한다는 주장이 나오는 것이다.

다음은 인욕人欲 즉 욕심의 문제이다. 주희는 『대학혹문』에서 다음과 같이 말하고 있다.

"하물며 기질에 가려진 마음으로 사물의 무궁한 변화에 접한다면 색깔色에 대한 눈의 욕구欲와 소리聲에 대한 귀의 욕구와 맛味에 대한 입의 욕구와 냄새臭에 대한 코의 욕구와 안일하고 싶은 사지의 욕구 등 그 덕을 해치는 것들을 어떻게 이루 다 말할 수 있겠는가?"

이어서 주희는 이렇게 덧붙인다.

"두 가지 기품과 인욕이 서로 원인相因이 되어 반복되고 굳어지면 이 때문에 덕의 밝음은 날로 어두워져서 마음의 영靈이 아는 바라고는 사사로운 정욕情欲과 이해利害에 불과하게 된다. 이렇게 되면 비록 사람의 모양을 가졌다고 하지만 실상 금수와 얼마나 멀겠는가?"

어쨌든 기품과 인욕은 '밝은 덕'을 어둡게 하는 것이고, 이것들을 씻어 제거해 나가는 것이 '밝은 덕'을 밝힘이 된다. 그러나 '밝은 덕' 그 자체는 깊이 숨어 있는 것이기 때문에 그 본체는 직접 포착되지 않는다. 그렇다면 밝히는 일은 어디서부터 시작되어야 하는가? 주희는 "그것이 드러나는 바에 근거하여 밝혀 가라"고 했다. '그것이 드러나는 바'라는 것은 인간이 외부 세계의 사물과 현상에 접했을 때 드러나는 '밝은 덕'의 반응을 두고 한 말이다. 그 반응의 대표적인 단서가 '측은하게 여기는 마음惻隱之心' '부끄러워하는 마음羞惡之心' '사양하는 마음辭讓之心' '옳고 그름을 밝히는 마음是非之心'의 '사단四端'이다.

『대학혹문』에서 주희는 또 이렇게 말한다.

"그러나 본체의 밝음은 하늘에서 얻어 온 것으로 끝내 어두워질 수 없는 것이다. 그러므로 비록 아주 깊은 어둠에 덮여 있더라도 잠깐이나마 한번 깨달음이 있으면 이러한 빈틈을 통해 나아가면 그 본체는 환하게 트이는 것이다."

이 말을 쉽게 이해하기 위해 거울을 예로 들어 보자. '밝은 덕'은 불교의 '마음이 밝은 거울心是明鏡'설과 같은 것으로 볼 수 있다. 거울은 본래 밝은 것이다. 그러나 먼지와 티끌이 끼면 어두워진다. 어두워졌다고 하지만 거울 본연의 밝음을 완전히 잃은 것은 아니요 단지 그 밝음이 먼지와 티끌에 가렸을 뿐이다. 따라서 먼지와 티끌 틈으로 털끝만큼이라도 빛이 나는 데를 근거하여 닦아 나가면 마침내 본연의 밝음이 온전하게 드러나게 된다. 앞에 인용한 주희의 말 중에 빈틈空隙之中이 거울에 끼어 있는 먼지와 티끌을 뚫고 빛이 드러나는 틈서리와 같은 것이요, 그것은 바로 위에서 말한 '밝은 덕'의 반응인 측은 · 수오 · 사양 · 시비의 단서들이다.

인 · 의 · 예 · 지 같은 이런 '성'의 단서들을 포착하여 확충해 가는 것이 '밝은 덕'을 어둡게 하는 것들을 씻어 제거해 가는 길이요, 결국에는 본연의 '밝은 덕'으로 돌아가 확연히 깨닫게 하는 길이다. 불교에서 무명無明을 깨뜨리고 청정淸淨 · 원만圓滿한 정각正覺에 도달해 감과 마찬가지다.

다음으로 왕양명은 소인에게도 '밝은 덕' 즉 천지 만물을 일체로 여기는 '인'이 있음을 말하고서, 『대학문』에서 그것을 밝히는 일에 대해 다음과 같이 말했다.

"소인의 마음은 벌써 조각나고 막히고 좁고 꾀죄죄하다. 그래도 모든 것을 일체로 여기는 '인'의 어둡지 않음이 이 정도인 것은 아직 욕심에 흔들리지 않고 자기의 사사로움에 가리지 않은 때이다. 욕심으로 흔들리고 사사로움에 가리게 되면 이해利害 때문에 다투고 서로 분노로 맞닥뜨리게 된다. 이렇게 되면 물物을 해치게 되고 동류를 결딴내게 되며 심하면 골육마저 서로 으스러뜨리게 되니 모든 것을 일체로 여기는 그 '인'은 아주 없어지고 만다. 그러므로 진실로 욕심에 가리지 않으면 소인의 마음이라도 모든 것을 일체로 여기는 그 '인'은 대인과 같으며, 일단 욕심에 가리게 되면 대인의 마음이라도 그 나누어지고 좁아짐은 소인과 같아진다. 그러므로 대인의 학學을 하는 이가 가리고 있는 욕심을 버리고 스스로 '밝은 덕'을 밝힘은 천지 만물에 공통된 그 본연으로 돌아감일 뿐이요, 본체 이외에 더함이 있을 수 없다."

이상으로 '밝은 덕을 밝힘明明德'의 문제를 대충 헤쳐 보았는데, '밝은 덕'이란 한 마디로 이성이다. 이 이성은, 칸트가 말한 순수 이성과 실천 이성에서 순수 이성의 성격도 물론 있지만 그보다는 실천 이성의 성격이 강하다.

유교 철학은 근본적으로 인간의 이성을 바탕으로 수립된 철학으로, 이성을 인간의 본 모습이라고 보고 그것을 가리고 있는 기질과 욕심을 헤쳐 내고 그 본연으로 돌아가 그것을 분명하게 인식하고, 최대한 실현하는 데서 인간이 완성된다고 본다. '밝은 덕을 밝힘'도 이렇게 밝은 본래의 자기로 돌아가 자기 완성을 향해 나아감이다.

인간을 원죄 의식에 몰아넣고 속죄라는 방법으로 거기에서 탈피해 나오는 과정에 인간 완성의 길을 두고 있는 기독교와는 대조적이라 하겠다.

본연의 자기를 가장 잘 자각한 사람을 군자 또는 성인이라 하고, 그러지 못하고 기질과 욕심·욕망에 사로잡힌 사람을 소인 또는 서인庶人이라고 했다.

다음이 '백성을 새롭게 함新民'이다. 「대학」 고본의 '친민親民'을 '신민'으로 본 것이 정이程頤에서 비롯했음은 주에서 이미 밝혔다. 주희는 이에 근거하여 『대학혹문』에서 '신민'을 다음과 같이 풀이했다.

"'밝은 덕'이라는 것은 모든 사람이 똑같이 얻은 것이요, 나만 가진 것이 아니다. 지난날 다 같이 물욕에 가려 있었을 때는 현명함과 어리석음의 갈라짐이 진실로 크게 멀지 않았다. 이제 다행히도 나는 이미 스스로 밝아지게 되었다. 그런데 다 같이 '밝은 덕'을 얻고서도 스스로 밝히지 못하는 저들 중인衆人들이 낮고, 더럽고, 구차스럽고, 천한 가운데에 기꺼이 빠져들어 방황하면서도 스스로 알지 못하는 걸 보고서 어찌 그들을 측은히 여겨 구제할 생각이 나지 않겠는가? 나 스스로 밝힌 것을 저들에게도 미치게 해야 할 것이다. 그러기 위하여 먼저 집안을 가지런하게 하고, 다음으로 나라를 다스리며, 마침내는 천하를 화평하게 하여, '밝은 덕'을 지니고도 스스로 밝히지 못하는 저들도 모두 스스로 밝힐 수 있게 하여 이미 물들어 있는 더러움을 버리게 해야 할 것이다. 이것이 백성을 새롭게 한다는 것인데, 여기에도 역시 무엇을 붙여 주고 더해 줌이 있는 것은 아니다."

'여기에도 역시 무엇을 붙여 주고 더해 줌이 있는 것은 아니다'
는 것은, 자신의 '밝은 덕'을 밝힘이 근본적으로 자신 안에 본래부
터 있던 것을 깨닫는 것일 뿐 밖으로부터 얻어 온 것이 아니듯이
다른 사람들에게 그의 '밝은 덕'을 깨우치게 하는 것도 그의 안에
본래부터 갖추어져 있는 것을 깨닫게 하는 것뿐이지 결코 외부에
있는 것을 후천적으로 얻어 지니게 하는 것이 아니란 말이다.

'백성을 새롭게 함'은 한 마디로 '밝은 덕을 밝힘'을 나 아닌 다
른 사람에게 확대하는 것으로 대중을 향한 교화를 의미한다.『논
어論語』「옹야雍也」에서 공자는 "자신이 서고자 하는 데에 남을
세우고, 자신이 도달하고자 하는 데에 남을 도달하게 한다己欲立
而立人, 己欲達而達人"고 했고,『중용』에서는 '자기 완성成己'과 함
께 '남을 완성시킴成物'을 말했으며, 맹자는 그의『맹자』「만장萬
章」에서 "먼저 안 사람이 뒤에 안 사람을 깨우치고 먼저 깨달은
사람이 뒤에 깨닫는 사람을 깨우쳐 가야 한다先知覺後知, 先覺覺後
覺"고 했다.

'신민'도 이와 같은 뜻이다. 자신의 '밝은 덕을 밝혀' 홀로 자신
만 선하게 하는 데에 머물지 않고 다른 사람의 '밝은 덕'도 밝혀
줌으로써 천하와 함께 선을 하는 데로 나아감을 말한다. 이것은
대중·민중을 교화시켜 나감을 의미한다.

유교가 종교인가 치세治世의 경륜인가 하는 문제는 우선 덮어
두기로 하자. 모든 종교는 자체의 주장에 따라 대중을 교화하는

기능을 가지고 있음이 사실이다. 불교에서 말하는 화행化行이나 기독교의 전도가 모두 그것이요, 여기서 말하는 '신민'도 같은 의의를 지니는 것이다. 그러나 '신민'은 종교적인 교화라고 보기에는 정치적인 적극성을 띤 것이요, 정치 이념이라고 보기에는 종교적 고귀성을 띠고 있다. 그런 점에서 화행이나 전도와는 다른 특성을 가지고 있고, 이것은 정교 일치政敎一致라는 유교의 한 특색을 말해 주는 것이기도 하다.

어쨌든 '신민'은 쉽게 말해서 민중들에게 자신이 인간 된 본성으로 돌아가 그 본성을 최대한 실현하도록 깨우쳐 주는 일로서, 덕치주의의 과제가 바로 이 '신민'에 있다.

왕양명은 주희와 달리 옛『대학』에 기록된 대로 '친민親民'으로 보아야 한다고 주장했다. 그 근거로서 이 책의 「전문 - 15」에 인용된 『상서』「강고康誥」의 "갓난아이 돌보듯 하라如保赤子"는 대목과, 「전문 - 20」의 "백성이 좋아하는 것을 좋아하고 백성이 싫어하는 것을 싫어하는 것, 이것을 백성의 부모라고 한다民之所好好之, 民之所惡惡之, 此之謂民之父母"라는 대목이 모두 '친親' 자의 뜻이며, 『상서』「요전堯傳」의 "훌륭히 큰 덕을 밝히시어 구족九族을 친애하시니, 구족이 이미 화목하기에 기내畿內의 백성들 고루 밝히시니 백성들이 밝아지게 되며, 만방을 화목케 하시니 모든 백성이 아아, 덕의 교화를 입어 화평하게 되었나니!克明俊德, 以親九

族, 九族旣睦, 平章百姓, 百姓昭明, 協和萬邦, 黎民, 於變時雍"라는 기록에서 '훌륭히 큰 덕을 밝힘克明俊德'은 '명명덕'이요, '구족을 친애함以親九族'·'기내의 백성을 고루 밝힘平章百姓'·'만방을 화목케함協和萬邦'은 '친민'에 해당된다는 점을 들었다.

『대학문』에서 '친민'에 대한 왕양명의 풀이를 옮겨 본다.

"그렇다면 어찌하여 백성들을 친애함에 있는가? '밝은 덕을 밝힘'은 천지 만물에 보편적인 체體를 확립함이요, 백성들을 친애함은 천지 만물에 다 같이 적용되는 용用을 살핌이다. 때문에 '밝은 덕을 밝힘'은 백성을 친애함에 달렸고, 백성들을 친애함은 바로 그 '밝은 덕을 밝힘'이다.

그러므로 나의 아버지를 친애하여 그 마음을 남의 아버지에게 확대하고 온 천하의 아버지들에게까지 미친 뒤에야 나의 '인'이 실제로 나의 아버지와 남의 아버지, 온 천하의 아버지들과 더불어 하나가 될 수 있으며, 실제로 하나가 된 뒤에야 효의 '명덕'이 비로소 밝게 된다. 나의 형을 친애하여 그 마음을 남의 형에게 확대하고 온 천하의 형들에게까지 미친 뒤에야 나의 '인'이 실제로 나의 형과 남의 형, 온 천하의 형들과 하나가 될지니, 참으로 하나가 된 뒤에야 제悌의 '명덕'이 비로소 밝게 된다. 군신이나 부부, 붕우, 산천, 귀신, 초목, 조수에 이르기까지도 실제로 친애하지 않음이 없어, 그리하여 하나로 적용되는 '인'을 달성한 뒤에야 나의 '명덕'이 밝지 아니함이 없어 참으로 천지 만물을 일체로 여길 수 있다.

　이것이 천하에 '밝은 덕을 밝힘'이요, 이것이 집안이 가지런해짐이요 나라가 다스려짐이요 천하가 화평해짐이며, 이것이 본성을 완벽하게 발휘함이다."

　왕양명은 '명덕'을 만물을 일체로 여기는 '인'이라고 본 만큼 '명명덕'과 '친민' 사이에 뚜렷한 구별이 없는 것은 당연하다. '명덕'을 밝히는 일, 즉 만물을 일체로 여기는 '인'을 몸소 실현하는 길이 바로 백성을 친애함에 있고, 백성을 친애함은 만물을 일체로 여기는 '인'을 실현함이요 그것이 바로 '밝은 덕을 밝힘'이다. 가까운 육친에서 비롯하여 이웃으로, 이웃에서 다시 전 인류로, 인류에서 다시 산천·초목·조수 등의 자연으로, 다시 유계幽界의 귀신에 이르기까지 모든 대상에게 자신이 지닌 '커다란 인'을 실현해 나가서 마침내 천지 만물 및 우주와 내가 하나 되는 경지에 도달하게 된다. 그것이 바로 자신이 부여받은 인간 본연의 '성'을 어떤 것에도 걸리거나 가리지 않고 최대한으로 발현시킴이라는 것이 양명이 주장하는 요지이다. 다시 말하면 '작은 나小我'를 초월하여 '큰 나大我'의 밝음이요 실현이며, '인'을 그 바탕이자 길로 한 것이다.

　여기에 덧붙여 둘 것은 우주와 나의 합일이라든지, '작은 나'를 초월하여 '큰 나'를 실현하는 것은 왕양명뿐 아니라 주희의 견해에서 본 '명명덕'에서도 찾을 수 있다는 것이다. 주희는 '명덕'의 근원을 우주의 본체에 두고 있는 만큼 그것을 밝힌다는 배후에는 천인 합일이라든지 '큰 나'로 나아가는 문제가 놓여 있는 것이다.

'지극한 선에 머무름止至善'.

'지극한 선'은 자칫 최고선最高善|Ultimate good|으로 오인하기 쉽다. 그러나 여기서 말하는 지선은 최고선이 아니라 최선最善의 뜻으로 가장 중정中正하고 당연한 도리를 의미한다. 최선의 도리가 최고선과 통하는 것은 사실이지만 그 둘은 별개의 문제임도 사실이다.

주희는 '지선'을 "사리 당연함의 극치事理當然之極"라 했고, 왕양명은 "이 마음이 천리에 순일함의 극치此心純乎天理之極"이라고 했다. '천리'는 유교 사상에서 주요한 개념의 하나로서 '인욕人欲'과는 반대로 지극히 선한 보편적 인성을 의미하며, 그것은 하늘이 부여한 불변의 도리라는 말이다.

주희는 외부적인 객관에 근거하고 왕양명은 내부적인 주관에 근거했다는 차이는 있지만 두 사람의 정의가 모두 합당하다. '사리 당연함'은 사람의 마음에 갖추어져 있는 '천리'가 외부의 질서로 구현된 것이요 '천리'는 '사리 당연함'의 근원으로서 내부에 존재하는 것으로, 이 안과 밖, 주관과 객관이 완전히 합치되고 조화를 이룬 것이 '지선'이기 때문이다. 두 사람은 실제로 위의 정의에서 다 말하지 못한 내용을 다시 언급하기도 했다. 주희는 『대학장구』에서 '명명덕'에서 '지지선'까지를 통괄하여 말하면서 "반드시 천리를 완벽하게 구현하여 사사로운 인욕이 털끝만큼도 없게 함"이라고 했다. 이것은 위 왕양명의 정의와 같은 의미이다. 그리고 왕양명은 '민이民彝・물칙物則의 극'이란 말을 한 적이 있는데, '민이'와 '물칙'은 사리와 다를 바 없는 것으로 '민이・물칙의 극'은 주희가 말한 '사리 당연함의 극치'와 같은 의미이다.

어쨌든 '지선'은 일에 대처하고 사물과 접하는 데 있어 지극히 당연한 도리로서 중용・중화中和의 도리라고도 할 수 있는 것이다.

실제로 주희는 "조금이라도 넘거나 못 미치는 차이를 용납하지 않는다"는 말을 했고, 왕양명도 "스스로 자연스러운 중中이 있지 않을 때가 없다"고 했다. 전문傳文에서는 문왕文王을 내세워서 임금으로서는 '인', 신하로서는 '경敬', 아들로서는 '효孝', 아비로서는 '자慈', 남과 사귐에서는 '신信'이 '지선'임을 말했는데, 이것들은 뚜렷이 드러난 '지선'의 큰 강령들이다. 인간이 살아가면서 인간 관계를 비롯하여 온갖 사물과 접촉할 때에 극히 미묘한 상황을 당하게 되고, 거기에 대처하는 데에는 반드시 가장 정당한 길이 있기 마련인데, 그것들이 모두 '지선'이다.

여기에 '머무른다'는 것은 주희의 말대로 "반드시 여기에 이르러 옮기지 않는다"는 말이다. 옮기지 않는다고 해서 머무름의 의미가 정적靜的인 관념으로 파악되는 것은 아니다. 어떤 상황에서든 그때그때 '지선'의 길을 찾아 거기에서 벗어나지 않는다는 말이다.

다시 왕양명의 말에 귀를 기울여 보면, "지선의 발현으로 시是는 시是로 비非는 비非로, 가볍고 무거우며 두텁고 얇은 것에 자극을 받는 대로 반응하여 변동해 감이니 고정되어 머무르는 것은 아니나 그러면서도 스스로 자연스러운 '중'이 있지 않을 때가 없다"고 했다.

왕양명이 '지선의 발현'이라고 표현한 것은 위에서 말했듯이 내부의 주관에서 '지선'을 찾았기 때문이다.

결론적으로 '지지선'은 칸트의 유명한 명제 "네 마음 속의 도덕률이 언제나 보편적 입법 원리로 적용될 수 있도록 행위하라"는 것과 같은 내용이라고 보아도 좋다. 그리고 그것은 지극히 평범한 일상에서 일어나는 절실한 문제이지 결코 잡기 어려운 먼 이상으로 떠 있는 것이 아니다.

'명명덕'·'신민'에서 나와 너의 '밝은 덕'을 최대한으로 보전하고 고양시켜서 그 환한 덕성에 의해 서로의 관계를 이루어 나가고 온갖 사물에 대처해 감이 '지지선'이다.

2

지극한 선의 실행 과정

　머무를 데를 안 뒤에야 일정한 방향이 서나니, 일정한 방향
이 선 뒤에야 동요되지 않을 수 있고, 동요되지 않은 뒤에야
편안히 머무를 수 있다. 편안히 머무른 뒤에야 생각할 수 있
고, 생각한 뒤에야 깨달을 수 있다.

知止而后에 有定하나니 定而后에 能靜하고 靜而后에 能安하고 安而后
에 能慮하고 慮而后에 能得한다.

㈜ ・지(止) : 머무를 곳. ・정(定) : 뜻이 나아갈 방향을 정함. ・정
(靜) : 마음이 함부로 동요하지 않음. ・안(安) : 안존安存의 뜻. 편안히
머무름.

뜻풀이

이 장은 '지선'을 깨달아 실현하는 과정을 말했다. '머무를 데'는 바로 '지선'이 있는 곳이다. 다른 사람·사물과 관계를 맺을 때, 그리고 사물에 대처할 때 어디에 '지선'이 있는가, 다시 말해 어떻게 하는 것이 '지선'의 도리인가를 파악해야 한다.

그러나 파악하는 자체로서 실현되는 것은 아니다. 그것은 인식해야 할 목표일 뿐인데, 이 목표를 철저히 인식하고 나면 자기 마음의 방향이 정해진다.

확고한 방향이 서면 마음에 동요가 없게 된다. 동요가 없으면 불안할 것이 없어 마음은 여유를 지니고 느긋하게 편히 머무를 수 있는 상태가 있다. 이런 마음 상태가 되어야 자신의 행위가 그 관계, 그 사물에 가장 중정하고 합당하게 대처하는가, 다시 말해 '지선'의 도리에 맞는가를 자세히 살필 수 있고, 그 결과 마침내 '지선'을 분명히 깨닫게 된다는 것이다.

'지선'이 있는 곳을 파악하는 데서부터 그것을 분명히 깨닫게 되기까지의 과정은 자신의 내부에서 겪는 일로서, 명확히 구분하여 단계적으로 공부해 가는 절차도 아니요, 시한을 정해 놓고 이루어 갈 수 있는 성질의 것도 아니다.

3

먼저 선후를 알아야

사물에는 근본적인 것과 말단적인 것, 마침과 비롯함이 있나니, 먼저하고 나중 할 바를 알면 도에 가까워지리라.

物有本末하고 事有終始하니 知所先後면 則近道矣리라.

뜻풀이

'자신의 밝은 덕을 밝힘'이 '근본적인 것'이요 '백성을 새롭게 함'이 '말단적인 것'이다. 말단적인 것이라고 해서 대수롭지 않다는 의미는 아니다. 우선 중요한 것은 자신의 밝은 덕을 밝히는 일이요, 백성을 새롭게 하는 일은 자신의 밝은 덕이 밝아진 다음에야 가능하다는 뜻이다. 다시 말해서 먼저 자신의 인간적인 수양이 어느 단계에 이르러 근본이 갖춰져야 다른 사람을 향상시키기 위한 참여 곧 백성을 새롭게 하는 위치에 나아갈 자격이 선다는 말이다.

교화하는 자가 교화 받는 자보다 인격적으로 우월해야 교화가 가능함은 두 번 말할 것이 없다. 때문에 교화하는 사람의 인격적 바탕이 사람을 교화하는 근본이 되는 것이다. 이 근본을 세운다는 것이 일차적으로 중요한 과제이다.

머무를 데를 앎 곧 '지선'이 있는 곳을 파악하는 것이 '비롯함'이요, 그것을 분명히 깨달음이 '마침'이다. 시작은 시작대로 중요하고 종결은 종결대로 중요하다. 우선 '지선'의 소재를 어긋남 없이 파악한다는 것은 거기에 이르는 지름길을 잡음이요, 마침내 '지선'의 도리를 분명히 깨닫는다는 것은 종결의 열매를 거두는 일이다.

'근본적인 것과 비롯함'이 먼저 해야 할 일이요, '말단적인 것과 마침'이 나중 할 바다. 이렇게 먼저 할 바와 나중 할 바를 참으로 안다면 아직 '도'에 오르지는 못했다 해도 적어도 접근은 된다는 말이다. 모든 혼란과 부조화가 일어나는 근본 원인은 본말·선후가 뒤바뀐 데 있음을 생각하면 평범하지만 절실한 말이다.

4

덕을 밝히는 여덟 단계 八條目

옛사람 중에 밝은 덕을 천하에 밝히려 한 이는 먼저 그 나라를 다스렸고, 그 나라를 다스리려 한 이는 먼저 그 집안을 바로잡았고, 그 집안을 바로잡으려 한 이는 먼저 그 몸을 닦았고, 그 몸을 닦으려는 이는 먼저 그 마음을 바르게 했고, 그 마음을 바르게 하려는 이는 먼저 그 뜻을 참되게 했고, 그 뜻을 참되게 하려는 이는 먼저 그 앎을 투철히 했나니, 앎을 투철히 함은 사물을 철저히 밝힘에 달렸다.

古之欲明明德於天下者는 先治其國하고, 欲治其國者는 先齊其家하고, 欲齊其家者는 先修其身하고, 欲修其身者는 先正其心하고, 欲正其心者는 先誠其意하고, 欲誠其意者는 先致其知하니, 致知는 在格物하다.

뜻풀이

이 장은 '팔조목'을 제시한 장으로, 『대학』의 내용을 개괄하는 체
계이자 덕치주의의 이념을 실현하기 위한 방법론의 개요이다. 옛
사람 중 '밝은 덕'을 천하에 밝히려 했던 이는 아마 당요唐堯·우
순虞舜·하우夏禹·상탕商湯·주문무周文武 등 역대 성군聖君으로
추앙받는 이들일 것이다. 이들 성군의 일을 빌려 이론을 세우고
있다.

천하란 오늘날의 세계와 같은 의미이다. 천하에 대하여 나라
는 당시의 제후국들을 가리킨다. 당시는 중국을 중심으로 그 주
변 민족, 이른바 외이外夷까지가 세계의 전부 곧 천하인 줄 알았
던 것이다.

'밝은 덕'을 천하에 밝힌다는 것은 세계의 온 인류를 모두 인간
된 본성에 따라 살게 한다는 말이다. 다시 말해 인간의 이성에
바탕을 둔 인간 질서, 곧 윤리를 확립하는 문제를 두고, 그것을
전 인류에게까지 확대하여 실시하는 것을 정치의 이상으로 삼았
다. 그것이 덕치주의德治主義요 왕도정치王道政治이다. 정치란 것
이 존재하는 근본 이유도 바로 그 이상을 실현하기 위해서였다.
그런 목적을 설정하고 그 목적에 걸맞은 수단을 밟지 않는 정치
는 애초 정치라고 불릴 여지를 주지 않았다. 그러므로 공자는
『논어』「안연顔淵」에서 "정치는 바르게 함이다政者, 正也"고 정의
했던 것이다.

덕치에서 중요한 문제는 통치자 자신의 인격이다. 통치자가 훌륭한 덕성을 갖추지 못하고는 통치 받는 사람들을 덕으로 교화해 나갈 수가 없기 때문이다. 그래서 '백성을 새롭게 하는' 바탕으로 '자신의 덕을 밝히는' 문제가 제기된 것이고, 자신의 덕을 밝히는 일이 다름 아닌 '자기 몸을 닦음修身'이다. 이 장의 중심은 바로 '수신'에 있다.

'수신'은 말하자면 자신의 인격적 바탕을 갖추어 간다는 뜻이요, 그 핵심 과제로 주어진 것이 '마음을 바르게 함正心'·'뜻을 참되게 함誠意'·'앎을 투철히 함致知'·'사물을 철저히 밝힘格物'이다. 이러한 핵심 과제를 밟아 나가 '수신'이라는 근본 문제가 해결되어야 '집안을 바로잡고齊家', '나라를 다스리고治國', '천하를 화평하게 할平天下' 수 있게 된다. 다시 말해 자신의 인격이 원만한 경지에 이르러야 백성을 새롭게 하는 큰 과업을 달성할 수 있게 되는 것이다.

여기서 먼저 여러 세기를 두고 논란이 되어 온 '치지'와 '격물'에 대한 다양한 해석을 소개해 둔다.

한漢의 정현鄭玄은 『예기주禮記注』에서 "지知는 선악·길흉이 어디에서 비롯되고 어디에서 끝나는지를 아는 것을 이른다"고 하고, 다시 "격格은 오다來는 뜻이요, 물物은 일事과 같다. 선에 대해 깊이 알면 선한 일이 오고, 악에 대해 깊이 알면 악한 일이

오나니, 일은 사람이 좋아하는 것에서 비롯되어 옴을 말한다"고 했다.

당唐의 공영달孔穎達은 정현의 해석을 부연했을 뿐이다.

송宋의 주희는 『대학장구』에서 "치致는 끝까지 미루어 나감推極이요, 지知는 식識과 같다. 나의 지식을 궁극에까지 미루어 아는 바에 철저하지 않음이 없고자 함이다. 격格은 지至의 뜻이요, 물物은 사事와 같다. 사물의 이치를 철저히 파헤쳐 그 궁극에까지 이르지 않음이 없고자 함이다"라고 했다.

여기서 '지식'은 일반적으로 말하는 '아는 것', 즉 인식의 결과 얻어진 내용을 가리키는 것이 아니라 지각 식별하는 능력과 그 작용을 말하는 것이다. 다시 말해 인식 능력과 그 작용이라고 할 수 있다. 일반적으로 말하는 지식은 '아는 바에 철저하지 않음이 없고자'라고 한 '아는 바所知'로서, 지식의 결과 얻어진 내용이다. '지식'과 '소지所知'는 구별되어야 하는 것이다.

한편 주희는 『대학혹문』에서는 지知를 "헤아릴 수 없는 마음의 밝음으로 능히 모든 이치를 운용하고 모든 일을 처리하는 자"라고 했다. 이는 인간의 지적 능력을 말한 것으로 위에서 말한 '지식'이 바로 이것이다.

명明의 왕양명은 주희의 설에 반대하고 『대학문』에서 다음과 같이 풀이했다.

"치지致知란 후대의 유학자들이 말하듯 지식을 넓히고 채운다는 따위의 의미가 아니다. 그것은 내 마음의 '양지良知'를 극대화하는 것일 뿐이다. '양지'라는 것은 맹자가 '옳다 그르다 하는 마음是非之心은 사람마다 다 지니고 있다'고 한 바로 그것이다. 시비지심은 굳이 생각하지 않아도 알며, 배우지 않고도 알 수 있는 것이다. 이 때문에 '양지'라고 하는 것이다."

왕양명이 말하는 '양지'는 인간의 마음 밑바닥에 잠재되어 있는 선천적인 판단 능력, 도덕에 대한 지각 능력, 또는 행위의 자율적인 규범이라고 할 수 있다. '양지를 극대화함致良知'은 그것을 최대한으로 보존하고 실현한다는 의미가 된다.

다음이 '격물'인데, 왕양명은 '격물'의 해석과 관련하여 재미있는 일화를 남겼다.

'격물'에 대한 주희의 해석을 읽은 왕양명은 대나무 한 그루를 두고 그 이치를 궁리해 보았으나 아무리 애를 써도 대나무의 이치가 나타나지 않았다. 그는 마침내 생병을 얻고서 성현이 될 팔자는 따로 있나 보다고 탄식했다고 한다. 그러다 뒤에 귀양살이를 하며 이리저리 옮겨 다니던 중 용장龍場이란 곳에서 문득 '격물'이 무엇인지를 깨닫고 다음과 같이 해석했다.

"'물'이란 일이다. 뜻이 움직이면 반드시 그 일이 있을 것이니, 뜻이 두어진 일意所在之事을 '물'이라고 한다. '격'은 바르게 한다正는 뜻이니 바르지 못함을 바르게 하여 바름으로 돌아가게 함을 말한다. 바르지 못함을 바르게 한다는 것은 악을 버린다는 말이요, 바름으로 돌아가게 한다는 것은 선善을 한다는 말이다."

왕양명이 '격'을 '바르게 하다'는 뜻으로 본 것은『맹자孟子』「이루離婁」에서 '임금 마음의 그름을 바로잡는다格君心之非'고 한 것 등 고전에 근거를 둔 것은 사실이다. '뜻이 두어진 일'이란 인간의 의지가 개입된 모든 행위를 말한다. 즉 그것이 '물'이란 말이다.

청淸의 진례陳澧는 "격물은 지사至事의 의미로 보아야 한다. '지사'란 몸소 그 일을 체험한다는 말과 같다. 천하는 넓고 예와 지금은 멀어서 몸소 모든 일을 다 체험할 수는 없지만 독서하는 것이 몸소 겪는 것과 다를 게 없다. 그러므로 '격물'이란 독서와 체험을 아우른 말이다. '치지'는 견식을 넓힌다는 것과 같은 뜻이다"고 하여 비교적 평이한 견해를 내놓았다.

근래의 학자 전목錢穆은『중국사상사』에서 "어째서 '치지'는 '격물'에 달렸다고 하는가? '물'은『맹자』「진심盡心」에서 '만물이 모두 내게 갖추어져 있다萬物皆備於我'고 한 그 '물'로서 모든 선·모든 덕을 가리킨 것이요, '격'은 도달의 뜻이다"고 했다.

역시 근래의 학자인 풍우란馮友蘭은『중국철학사』에서 "사물을 관찰할 때 그 현상에 가리면 진지식眞知識을 볼 수 없다. 때문에 '치지'는 '격물'에 달렸다고 했으니 '격'은 '이른다至'는 뜻으로 반드시 사물의 현상을 꿰뚫어 보아 그 본모습에 이르러야 그 진상眞象을 알 수 있다는 것이다. 이것이 '치지'는 '격물'에 달렸다고 한 이유이다"라고 했다.

우리나라 유학자들은 대부분 주희의 설을 따랐다.

이제 대표적인 두 견해, 주희와 왕양명의 풀이를 인용하여 이 장의 내용을 살펴본다. 먼저 주희는 『대학혹문』에서 다음과 같이 말했다.

"밝은 덕을 천하에 밝힌다는 것은 먼저 제 자신의 밝은 덕을 밝히고 백성을 새롭게 하며, 그렇게 하여 천하 사람이 모두 각자의 밝은 덕을 밝힐 수 있게 함이다. 사람들이 모두 각자의 밝은 덕을 밝혀 나간다면 각자가 뜻을 참되게 하고, 마음을 바르게 하고, 몸을 닦고, 어버이를 어버이로 받들고, 어른을 어른으로 알게 되어 천하가 화평하게 될 것이다.

그런데 천하의 근본은 나라이다. 그래서 천하를 화평하게 하려는 이는 먼저 그 나라를 다스린다. 나라의 근본은 집안이다. 때문에 나라를 다스리려는 이는 반드시 먼저 집안을 바로잡는다. 집안의 근본은 내 몸이다. 때문에 집안을 다스리려는 이는 반드시 먼저 제 몸을 닦는다. 몸을 주재하는 것은 마음이다. 한번 그 본연의 바름을 깨닫지 못하게 되면 몸은 주재하는 바가 없어서 비록 애써 닦고자 하여도 닦아지지 않는다. 때문에 몸을 닦으려는 이는 반드시 먼저 마음을 바르게 할 일이다. 마음이 움직인 것이 뜻이다. 한번 사욕이 그 가운데 섞이게 되어 선을 행하고 악을 버림에 혹시라도 진실하지 못함이 있으면 마음이 누를 입어 비록 애써 바르게 하려고 해도 발라지지 않는다. 때문에 마음을 바르게 하려는 이는 반드시 먼저 뜻을 참되게 할 일이다.

'지'는 '헤아릴 수 없는 마음의 밝음神明'으로 모든 이치를 운용하며 모든 일을 처리하는 자이다. 이 '지'가 없는 사람이 없으나 그 전모를 속속들이 환히 밝히지 못하는 경우에는 알지 못하는 사이에 참과 거짓이 뒤섞이게 되어 애써 참되게 하려 해도 참되어지지 않을 것이다. 때문에 뜻을 참되게 하려는 이는 반드시 먼저 그 '지'를 확충해야致 한다. 천하의 사물에는 반드시 각각 그렇게 된 까닭所以然之故|존재론적 의미가 있다|과 마땅히 그러해야 하는 법칙所當然之則|당위론적 의미가 있다|이 있으니, 이것이 '이理'다. 그것을 알지 못할 사람이 없으나, 그 정밀하고 엉성함과 감춰지고 나타남을 남김 없이 철저히 밝혀 내지 못하는 경우에는 '이'가 구명되지 못한다. '이'가 구명되지 못한 곳에 반드시 '지'가 가리게 되리니 비록 애써 확충하려 해도 확충되지 않을 것이다. 때문에 '지'를 확충하는 길은 사물에 나아가 '이'를 관찰하여 사물을 구명하는 데 있다."

왕양명이 주희와 갈라서는 점이 '치지·격물'에 있음은 위에서 이미 밝혔다. 이제 '수신' 이하 부분에 대한 왕양명의 해석을 옮겨 본다. '제가'·'치국'·'평천하'에 대해서는 주희의 해석으로 대치될 수 있고, '수신'·'정심'·'성의'에 대해서도 근본은 다르지 않으나 이들은 '격물'·'치지'와 연쇄 관계에 있고, 또 중요한 것들이다. 왕양명은 『대학문』에서 다음과 같이 말한다.

"무엇을 몸이라 하는가? 마음의 형체·운용을 말한다. 무엇을 마음이라 하는가? 마음의 영명靈明·주재主宰를 말한다. 몸을 닦는다는 것은 무엇을 말하는가? 선을 하고 악을 버린다는 의미다. 내 몸 스스로가 능히 선을 하고 악을 버림을 말한다. 내 몸 스스로가 능히 선을 하고 악을 버리는가? 반드시 그 영명·주재인 것이 선을 하고 악을 버리라고 한 뒤에야 그 형체·운용인 것이 비로소 능히 선을 하고 악을 버릴 것이다. 그러므로 그 몸을 닦으려면 반드시 먼저 그 마음을 바르게 해야 한다.

그러나 마음의 본체는 '성'이다. '성'은 선하지 않음이 없는 만큼 마음의 본체가 본래 바르지 않음이 없거니와 어디에 근거하여 바르게 해갈 것인가? 대개 마음의 본체는 본래 바르지 않음이 없는데, 그 의념意念이 움직이는 데서부터 바르지 않음이 있게 되는 것이다. 때문에 마음을 바르게 하려는 자는 반드시 그 의념이 움직이는 데에서 바르게 할 일이니, 무릇 일념一念을 일으킬 때에 선에 대해서는 참으로 좋아하여 고운 얼굴을 좋아하듯이 하며, 일념을 일으킬 때에 악에 대해서는 참으로 미워하여 고약한 냄새를 미워하듯 한다면 뜻意이 참되지 않음이 없어 마음이 발라질 수 있다. 그러나 뜻이 움직이는 데에는 선이 있고 악이 있으므로 그 선악의 경계를 밝히지 못하면 또한 참과 거짓이 섞일 것이니 비록 참되고자 해도 참될 수 없을 것이다. 그러므로 그 뜻을 참되게 하려는 공부는 반드시 '지'를 철저하게 함에 있나니, '치지'라 함은 후대의 유학자들이 말하듯 '그 지식을 채우고 넓힌다'는 따위의 의미가 아니요, 내 마음의 '양지'를 극대화할 뿐인 것이다.

'양지'라는 것은 맹자가 '옳다 그르다 하는 마음是非之心은 사람마다 다 지니고 있다'고 한 바로 그것이다. 시비지심은 굳이 생각하지 않아도 알며, 굳이 배우지 않아도 지닐 수 있다. 이 때문에 '양지'라고 하니, 이는 바로 하늘이 내려 준 '성'이자 내 마음의 본체로서 영소명각靈昭明覺하는 것이다.

생각이 일어나면 언제고 내 마음의 '양지'는 스스로 알아서, 선일 때도 내 마음의 '양지'만은 스스로 알고 불선일 때도 내 마음의 '양지'만은 스스로 아니 이런 것들은 타인에게는 간여받지 않는 것이다. 그러므로 소인이 나쁜 짓을 못할 것 없이 다했더라도 가만히 보면 반드시 그 나쁜 점은 가리고 옳은 양으로 드러낸다. 이것으로 보아도 '양지'는 스스로 흐리지 못하는 것이다. 이제 선과 악을 구별하여 그 뜻을 참되게 하려면 그 '양지'가 안 바를 철저히 추구해 갈 따름이다.

어찌하여 그런가? 의념이 일어날 때에 내 마음의 '양지'가 이미 그것이 선善임을 알았다고 하자. 진실하게 이를 좋아하지 못하여 다시 등지게 된다면 이는 선을 악같이 다루어 스스로 선을 안 '양지'를 흐림이다. 의념이 일어날 때 내 마음의 '양지'가 이미 그

것이 불선不善임을 알았다고 하자. 진실하게 이를 미워하지 못하여 다시 밟아 행한다면 이는 악을 선같이 다루어 스스로 악을 안 '양지'를 흐림이다. 이러고 보면 비록 알았다 하더라도 알지 못한 것과 같다. 뜻이 어찌 참되어질 수 있겠는가. 그러나 그 '양지'를 극진하게 하려 함이란 또 어찌 실제實가 없이 공허하게 말한 것일까 보냐. 실제로 그 일이 있을 것이다. 그러므로 지知를 치致함은 반드시 물物을 격格함에 있나니 '물'이란 일事이다.

무릇 뜻이 일어나는 데에는 반드시 그 일이 있을 것이니 '뜻이 두어진 일意所在之事'을 '물'이라고 한다. 격格은 바르게 한다正는 뜻이니 바르지 못함을 바르게 하여 바름으로 돌아가게 함을 말한다. 바르지 못함을 바르게 한다는 것은 악을 버린다는 말이요, 바름으로 돌아가게 한다는 것은 선을 한다는 말이다. '양지'가 아는 선을 진실로 좋아하고자 할지라도 그 뜻의 '소재'인 '물'을 실제로 좋아하지 못한다면 이는 '물'이 제대로 '격'해지지 못하여 그 뜻이 오히려 정성스럽지 못함이요, '양지'가 아는 악을 진실로 미워하고자 할지라도 그 뜻의 '소재'인 '물'을 실제로 버리지 못한다면 이는 '물'이 제대로 '격'해지지 못하여 미워하는 그 뜻이 오히려 정성스럽지 못함이다.

이제 그 '양지'가 알게 된 선에는 그 뜻의 '소재'인 '물'에 대하여 실제로 하되 끝까지 철저히 하며, 그 '양지'가 알게 된 악에는 그 뜻의 '소재'인 '물'에 대하여 실제로 버리되 철저히 모두 버린 뒤에야 '물'이 완전하게 '격'해지고, 따라서 내 '양지'가 안 바에 이지러짐과 가림이 없어 그 한도를 다하게 될 것이다. 그런 뒤에야 내 마음이 아무런 유감이 없어 스스로 유쾌하게 될 것이요, 그러한 뒤에야 뜻이 일어나는 바에 스스로 속임이 없어 '성誠'이라고 할 수 있다."

격물格物·치지致知의 해설을 둘러싼 주희와 왕양명의 차이는 전자가 객관적인 사물을 탐구함으로써 인간의 지적인 능력을 최대한 계발함과 동시에 자기 내면 심성의 세계를 통연洞然하게 밝힐 것을 주장한 데 대하여, 후자는 주관적인 행위를 적극적으로 교정함으로써 선천적인 도덕 능력을 최대한 고양시킬 것을 주장한 점이다. 다시 말하면 주희의 해석으로는 '격물'·'치지'에서는 우선 '내 마음의 온전한 체와 커다란 용吾心之全體大用'을 밝히는 데만 주력하고 그 실천의 문제는 '성의誠意'에서부터 비롯하게 되는 데 대하여 양명의 관점으로는 '격물'·'치지' 자체가 이미 실천 그것이다. 양명의 이러한 견해는 그의 지행합일설知行合一說에 바탕하고 있다.

특히 지적해 둘 것은 '성의', 즉 뜻을 참되게 한다는 것은 자기 기만을 하지 않는 일이요, 자기 쾌족快足을 얻는 일이다. 이 자기는 선하고 바른 본연의 자기이다. 선하고 바른 본연의 자기를 기만하지 않고 쾌족케 한다는 것은 사악을 배제하고, 선하고 바른 것을 쫓을 때 가능해지는 일이다. 즉 자신의 내부에서 일어나는 의념 자체가 순수하게 선하고 바른 것이 되도록 자신이 주체적으로, 그리고 적극적으로 지향해 가는 것이 뜻을 참되게 한다는 의미란 말이다.

여기에 의념이 일어남을 직시하고, 그 선·악·사·정을 밝혀주며 행위의 방향을 결정짓는 판단 근거가 되는 것이 바로 '치지'의 그 '지知'이다.

다음 한 가지 밝혀 둘 점은 '제가'와 '치국'·'평천하' 문제와의 관련이다. 아래 전문傳文에서도 논의되겠지만 유교의 덕치주의는 그 근본 이념이 인간 윤리를 고양하는 데 있고, 유교적인 관점의 인간 윤리를 실현하는 기초 단위가 집안이기 때문에 집안을 바로잡는다는 문제와 나라를 다스린다거나 하는 문제가 밀접한 관련을 갖게 된 것이다.

다시 말하면 군주 중심의 국가 구조는 가부장 중심의 집안의 구조를 토대로 하여 세워졌고, 동시에 집안 내에서의 윤리가 그대로 국가·사회의 윤리로 발전되었기 때문이다. 가령 집안에서의 어버이의 자식들에 대한 자慈와 자식들의 어버이에 대한 효는 나라에서의 임금의 신민들에 대한 '인仁'과 신민들의 임금에 대한 '충'으로 발전되는가 하면, 형의 아우에 대한 우友 | 우애 | 와 아우의 형에 대한 제悌는 사회에서의 위와 아래, 연장자와 연소자 | 육체

연령과 정신 연령을 아우른다| 사이의 윤리로 발전된다. 이렇게 가정 윤리를 근간으로 하여 국가·사회의 윤리가 수립되어 있는 이상 '제가'와 '치국'은 밀접한 관련을 갖지 않을 수 없다. 더구나 군주가 속한 왕실 내의 윤리의 확립 여부는 나라를 다스리는, 즉 국민들의 윤리적인 수준을 고양시켜 가는 일에 막대한 영향을 끼침은 물론이다. 이러한 윤리는 위정자를 비롯한 모든 국민들이 각자 인격적인 바탕을 갖추어야만 실현될 수 있기 때문에 '수신'이 그토록 중요시된 것이다.

한 가지 덧붙일 것은 이렇게 가정 윤리를 바탕으로 하여 사회 윤리가 수립된 곳에선 이해利害 관념에 결부된 권리의 주장보다 윤리 실현이란 의무에 충실할 것을 더욱 중시했다는 점이다. 그 의무는 부자·형제·군민君民·상하 등의 관계에서 어느 한쪽에만 요구되는 것이 아니고 쌍방에 동시적으로 요구되는 것이 정도正道이다.

5

덕을 밝히는 과정

사물이 구명된 뒤에야 앎이 투철해지고, 앎이 투철해진 뒤
에야 뜻이 성실하게 되고, 뜻이 성실하게 된 뒤에야 마음이
발라지고, 마음이 바르게 된 뒤에야 몸이 닦이고, 몸이 닦이고
난 뒤에야 집안이 바로잡히고, 집안이 바로잡히고 난 뒤에야
나라가 다스려지고, 나라가 다스려지고 난 뒤에야 천하가 화
평하게 된다.

物格而后에 知至하고 知至而后에 意誠하고 意誠而后에 心正하고 心正
而后에 身修하고 身修而后에 家齊하고 家齊而后에 國治하고 國治而后
에 天下平한다.

뜻풀이

이 장은 윗 글의 뜻을 뒤집어 '밝은 덕明德'이 천하에 밝혀지는, 즉 덕치주의의 이상이 성취되어 가는 과정을 순서대로 설명한 것이다.

집안이 그 구성원간의 윤리가 정립되어야 화목하게 되고, 나아가 국가·사회에 윤리가 확립되어야 조화되고, 그것이 온 인류에까지 실현되기 위해선 먼저 개개인의 인간적 바탕이 갖추어져야 함은 위에서 이미 언급하였다. 그 인간 수양을 위해서는 가장 먼저 인간이 존재하는 세계의 사물을 구명하여 거기에 내재하는 '이理'를 터득함으로써 인간의 '지'를 최대한으로 계발해야 한다는 것이니, 그러한 바탕이 갖추어져야 선·악·사·정의 윤리적인 가치를 명석하게 통찰할 수 있게 된다. 그러한 가치에 대한 통찰은 곧 그 가치에 따라 인간 생활을 영위하게 하는 바탕이 되는 것이며, 그러한 바탕 위에서 주체적이고 적극적으로 선하고 바른 것을 지향하게 되고, 그리고 그 지향이 심화되고서야 드디어 인성人性 본연의 선하고 바름을 제대로 알아 실현할 수 있게 된다. 개개인 모두가, 특히 집안·국가·세계에서 지도적인 위치에 나아가는 이부터가 이렇게 선하고 바른 심성을 제대로 보존할 때에 모든 행위에서 그것이 발현되어 집안이 화목해지고, 이어서 국가·사회에 질서와 조화가 유지되며, 세계가 화평해지는 이상 세계가 점진적으로 이룩되어 간다는 것이다.|앞장의 뜻풀이 참조|

6

근본을 바로 함

제왕에서 서인에 이르기까지 한결같이 다 몸 닦는 것을 근본으로 삼는다. 근본이 어지럽고서야 말단이 다스려지는 법은 없으며, 후하게 해야 할 데에 박하게 하고 박하게 할 데에 후하게 할 사람이란 결코 없다.

自天子以至於庶人까지 壹是皆以修身爲本한다. 其本이 亂而末治者는 否矣며 其所厚者에 薄하고 而其所薄者에 厚는 未之有也하다.

㈜ ▪天子(천자) : 천하에 군림한 사람의 칭호. 인격신인 상천上天ㅣ천제天帝ㅣ의 아들로 그 명을 받아 하토下土의 인민을 기르는 임무를 띤 사람이란 뜻. 고대 이집트의 파라오Pharaoh가 태양의 아들이란 의미를 가진 것과 비등하다. ▪壹是(일시) : 일체와 같은 뜻. ▪否(부) : 무無의 뜻.

뜻풀이

먼저 위로 천하에 군림한 제왕에서부터 아래로 한 사람 서인에 이르기까지 수신을 근본으로 삼는다고 했다. 수신이라면 '격물'·'치지'·'성의'·'정심'의 과정은 이미 전제되어 있는 것으로서 수신의 중요성을 다시 한번 강조했다. 제왕에게나 서인에게나 먼저 중요한 것은 인간으로서의 그 인간 된 바탕이요, 그것이 천하를 화평하게 한다거나, 나라를 다스린다거나, 집안을 바로잡는다거나, 어느 때 어느 곳에서 무슨 일을 하든 그 근본이 된다는 것이다. 이 말은 오늘의 대학에도 여전히 살아 있다. '전문인이 되기 전에 먼저 인간이 되라'고 대학은 학생들에게 요구한다.

학자가 되든, 정치가가 되든, 실업인實業人이 되든, 의사가 되든, 먼저 절실히 요구되는 것은 인간으로서의 바탕이요, 개개가 그러한 바탕 위에 자기대로의 세계를 가지고, 또 그 바탕들 위에 사회가 세워지고 얽혀질 때라야 참말 안정을 얻으리라. 그래서 "그 근본이 문란하고서야 말단이 다스려지는 법은 없다"고 했다. 여기에 '근본'은 '수신·신수身修'의 그 신身, 즉 개개인의 인격을 말하고, '말단'은 가家·국國·천하天下 등속을 가리킨다. 각 개체를 가정·국가·세계의 근본으로 내세운 것이다. 가장이 옳지 못하고서야 가정에 질서가 있을 리 없고, 통치자가 바르지 못하고서야 국가에 정치와 교화가 행해질 리 없다. 나아가 남자나 여자나 스스로에게 인격적인 결함이 있을 때 어느 위치에 있든 잘

되어 갈 리 없다.

"후하게 해야 할 데에 박하게 하고 박하게 할 데에 후하게 할 사람이란 결코 없다"고 한 것은 무슨 얘긴가? 주희의 설명에 따르면 후하게 해야 할 곳은 집안, 즉 '가'를 말한다. 따라서 '국'·'천하'가 박하게 할 곳이 되는데, 이것들은 원래 박하게 할 데라는 의미가 아니라 제 집안과 견주어 후·박의 정도를 구별하기 위함일 뿐이다. 그러니까 쉽게 말하면 '제가齊家'하여 집안부터 화목케 하지 못하는 사람은 '치국'이라든지 '평천하'하는 일에 아무런 기여도 못한다는 말이다. 앞에서 말했듯이 '치국'·'평천하'한다는 것은 곧 인간의 윤리를 고양시키는 일이요, 유교의 모든 윤리가 가정 윤리를 근간으로 해서 확대된 것인 만큼 이것은 당연한 일이다.

전문 傳文

1

밝은 덕을 밝힘 明明德

　「강고」에 "훌륭히 덕을 밝힐 수 있다"고 했고, 「태갑」에는 "이 하늘의 밝은 명을 지켜 보라" 했으며, 「제전」에서는 "훌륭히 큰 덕을 밝힐 수 있다"고 했다.

　다 스스로를 밝힘이다.

康誥에 日 "克明德"이라 하며, 太甲에 日 "顧諟天之明命"이라 하며, 帝典에 日 "克明峻德"이라 하니, 皆自明也이다.

㊅　▪康誥(강고) : 『상서』「주서周書」의 한 편. ▪克(극) : 能能의 뜻이나, 보다 강조하는 어감이 있다. ▪太甲(태갑) : 『상서』「상서商書」의 한 편. ▪顧(고) : 항상 눈을 둔다는 뜻. 정현鄭玄은 념念의 뜻으로 보았다. ▪諟(시) : 정현은 정正의 뜻으로 보았고, 주희는 차此로 보았다.

그러나 『광운廣韻』의 주에는 심審으로 되어 있다. •帝典(제전) : 『상서』「요전堯典」을 가리킨다. 「우서虞書」의 한 편이다. •峻(준) : 대大의 뜻.

뜻풀이

「강고」가 『상서』「주서周書」의 한 편임은 주에서 밝혔으나 이에 대해선 두 가지 주장이 있다. 구설舊說|구서舊序|에는 주周나라의 세 번째 임금 성왕成王이 숙부인 관숙管叔과 채숙蔡叔의 반란을 평정하고 은殷의 유민이며 역시 자신의 숙부인 강숙康叔|이름은 봉封|을 봉하면서 주공周公을 통해 그에게 고誥한 말이라 했다. 그러나 송宋 채침蔡沈은 『서집전書集傳』에서 이를 반박하고 무왕武王이 그의 동생 강숙을 위후衛侯로 봉하면서 고한 말이라고 했다. 채씨의 주장이 옳은 듯하다. 참고로 여기 인용된 부분의 전후를 소개하면 아래와 같다.

"왕|무왕을 가리킴|이 이렇게 말씀하셨다. 제후의 우두머리인 나의 아우 소자小子|정답게 부르는 호칭| 봉아! 이에 크게 드러나신 아버지 문왕文王께서 훌륭히 덕을 밝히시며 벌을 삼가실 수 있으셨더니라.王若曰, 孟侯朕其弟小子封, 惟乃丕顯考文王, 克明德愼罰"

보는 바와 같이 인용된 부분은 원래 문왕의 사실이나 『상서』 원전에 구애되지 않고 오로지 『대학』 자체의 목적에 맞추어 인용하고 있다. 이런 것을 인경引經의 활법活法이라고 한다. 앞으로 이런 인용은 많이 나오며 번역하는 태도도 그 취지에 따랐음을 밝혀 둔다.

　문왕은 덕화德化로 주나라의 기틀을 닦아 성인聖人으로 추앙받아 왔다. 이에 관해서는 「전문 - 4」의 뜻풀이에서 자세히 설명될 것이다. 문왕이 훌륭히 밝힌 덕은 바로 '밝은 덕'이다. 문왕이 자신에게 있는 하늘에서 받은 본연을 훌륭히 자각·실현했음을 들어 사람은 누구나 자기의 본성으로 돌아갈 수 있음을 예증했다. 『맹자』「등문공滕文公」에서 안연顔淵이 "순舜은 어떤 사람이며 나는 어떤 사람인가? 나도 또한 순이 될 수 있다舜何人也, 予何人也, 有爲者亦若是"고 말했듯이 인간은 누구나 참다운 인간이 될 수 있는 법이다.

　「태갑太甲」은 탕湯을 보좌하여 상商을 세운 현신賢臣 이윤伊尹이 지은 글이다. 탕왕의 적손嫡孫인 태갑이 왕위에 올랐으나 방종·무도하여 훌륭한 임금이 못 되기에 이윤이 동桐이란 곳으로 일단 추방하였다. 추방당한 지 3년 만에 태갑이 지난날의 잘못을 뉘우치고 선한 사람이 되어 은殷의 수도인 박亳으로 돌아오자 이윤이 그를 맞아들이고 「태갑」상·중·하 삼 편을 지었다고 한다. 인용된 구절의 전후는 아래와 같다.

　"이윤이 서書를 지어 아뢰었다. 선왕|탕을 가리킴|이 이 하늘의 밝은 명命을 지켜보시어, 그리하여 천지의 신지神祇를 받드시며

사직과 종묘에 경건히 섬기지 아니함이 없으시니 하늘이 그 덕을 살펴보시사 그리하여 대명大命을 이룩해 주시어 만방을 어루만져 편안케 하셨나이다.伊尹作書, 曰, 先王顧諟天之明命, 以承上下神祇, 社稷宗廟, 罔不祇肅, 天監厥德, 用集大命, 撫綏萬邦"

『상서』 원전에 나오는 '천지명명天之明命'의 천天은 아직 인격신인 천제天帝의 의미를 완전히 탈피하지 못한 느낌이 있다.|천감궐덕天監厥德의 천은 명백히 상제의 뜻이다.| 그러나 『대학』에서 말하는 '천'은 본체론적인 의미가 가미된 '천'이다.

'명명明命'은 인간이 받아 온 '명덕'을 부여하는 하늘의 입장에서 본 것이다. 즉 하늘이 부여한다는 위치에서 볼 때는 '명명'이요, 인간이 부여받고 난 뒤의 견지에선 '명덕'이 되는 것으로 '명명'은 바로 '명덕'을 두고 한 말이다. 그래서 "이 하늘의 밝은 명을 지켜보라"고 한 것은 하늘에서 받아 온 본연의 덕성이 욕정 따위의 혼탁한 것에 가리거나 빠지지 않도록 항상 자신의 내면으로 눈을 돌려 살펴보라는 말이다. 역시 '명덕'을 밝히라는 뜻이다.

「제전帝典」에서 인용한 글도 원래는 요堯의 사실을 말한 것이다. 요에 대해선 「전문 - 16」의 뜻풀이에서 얘기되겠지만 한마디로 그는 중국 전설 시대의 성군聖君이다. '큰 덕'이라고 한 것은 그 덕의 광채가 '사방에 번져 갔고光被四表, 천지에 이르렀다格于上下'는 데서 온 말이다.

『상서』에 아래와 같이 기록하고 있다.|위에서 인용했지만 편의상

다시 인용한다.|

　"훌륭히 큰 덕을 밝히시어 구족九族을 친애하시니, 구족이 이미 화목하기에 기내畿內의 백성들 고루 밝히시니 백성들이 밝아지게 되며, 만방을 화목케 하시니 모든 백성이 아아, 덕의 교화를 입어 화평하게 되었나니!"

　이 내용은 그대로 '수신'·'제가'·'치국'·'평천하'의 일이다. 『대학』은 우선 '수신', 즉 훌륭히 큰 덕을 밝히는 일을 가지고 와서 사람마다 스스로가 가진 본래의 덕성을 최대한으로 발현할 것을 말했다.

　결론으로 이상의 '훌륭히 덕을 밝힐 수 있다克明德'거나 '이 하늘의 밝은 명을 지켜보라顧諟天之明命'거나 '훌륭히 큰 덕을 밝힐 수 있다克明峻德'는 것은 모두 스스로 자기 자신을 밝힘이란 것이다. 다시 말해서 스스로의 본연을 스스로 깨달아 감이요, 또 그것은 깨달을 수 있는 일이요, 깨달아야 한다는 뜻이다.

　참고로 근대 이후의 고증학자들은 『상서』 중 「우서虞書」·「하서夏書」 나아가 「상서商書」까지도 대개 위작으로 간주하고 있음을 밝혀 둔다. 그러나 그것이 상대上代 한漢민족이 가졌던 사상의 어느 면모를 말해 주는 고전이란 위치에는 변함이 없다.

2

백성을 진작시킴 新民

탕왕湯王의 반명盤銘에 "진실로 하루를 새로울 수 있거든 날이면 날마다 새롭게 하고 또 날로 새롭게 하라" 했고, 「강고」에서는 "스스로 새로워지는 백성을 진작振作시키라"고 했다. 『시』에서 읊었다.

주周 비록 오랜 나라이나
그 천명은 새로운 것

그러므로 군자는 그 극極을 쓰지 아니할 바 없다.

湯之盤銘에 曰 "苟日新이거든 日日新하고 又日新하라" 하며, 康誥에

曰 "作新民하라" 하며, 詩에 曰 "周雖舊邦이나 其命維新이라" 하다. 是故로 君子는 無所不用其極한다.

㊅ ·盤銘(반명) : 반盤은 욕기浴器. 명銘은 문체의 한 가지인데 여기선 스스로를 경계하기 위해 일상의 기물에다 새긴 말. 반명은 스스로 경계하기 위해 욕기에 새긴 말이다. ·詩(시) :『시경』「대아大雅·문왕文王」 제1장 제3·4구. ·君子(군자) : 덕이 있는 사람, 또는 다스리는 지위에 있는 사람.

뜻풀이

탕湯은 앞에서 잠깐 비쳤듯이 하대夏代 다음의 상조商朝를 연 임금 성탕成湯을 가리킨다. 성은 자子, 이름은 이履 또는 천을天乙. 탕은 시호諡號로 '잔학함을 제거하고, 구름이 다녀 비가 내리듯 널리 은택을 베풂除虐去殘, 雲行雨施'이라는 뜻이라고 한다. 탕은 당우唐虞의 사도司徒|교육 장관|로 상商에 봉해진 설契의 후예로서 하夏의 방백方伯|일정 지역 제후의 우두머리|이 되었다. 그는 무도한 걸桀을 남소南巢로 몰아내고, 제후들이 추대하는 것을 세 번 사양한 뒤에 비로소 천자의 자리에 올라 국호를 상商이라 했다고 전한다.

　여기 인용된 말은 그가 항상 쓰는 욕기浴器에 새겨 스스로를 경계한 말로서, 신체에 묻은 때를 씻어 내는 것으로 마음의 오염을 세척해 가는 뜻을 비유한 것이다. 몸이 본시 깨끗했듯이 마음의 본체도 깨끗하고 밝은 것, 몸을 잠시만 씻고 버려 두면 저절로 때가 끼듯이 마음 또한 잠깐 성찰하고는 버려 두면 자기도 모르는 사이에 더러워지고 어두워지기 쉬운 것, 그래서 행여 잠시라도 마음을 살피는 데 게을러지거나 소홀해질까 두려워하여 매일 쓰는 욕기에 명을 새겨 두고 날이면 날마다 잠시도 쉼 없이 새롭게 해 감으로써 자신의 마음과 백성의 마음을 온전히 맑고 빛나게 보존해 가리라는 것이 탕왕의 뜻이다. 자신의 마음을 맑고 빛나게 보존함은 '명명덕'의 일이요, 백성의 마음을 맑고 빛나게 보존해 줌은 '신민新民'의 일이다.

「강고」에 대해선 이미 앞에서 설명했다. 여기 "스스로 새로워지는 백성들을 진작시키라"는 말은 무왕武王이 동생 강숙康叔을 봉하여 상商의 유민들을 다스리게 하면서 일러 준 말이다. 무왕은 상의 백성들이 폭군 주紂의 치하에서 나쁜 풍속에 젖어 그 본심을 제대로 간직하지 못했으리라 생각하고, 바야흐로 주周의 새로운 햇빛 아래에서 점차 그 묵은 때를 씻어 갈 것을 기대하였다. 그리고 그러한 그들을 더욱 고무시켜 옛 악을 버리고 새 선으로 옮겨 와 저마다 본성을 회복하도록 떨쳐 일으켜 주라는 뜻이다.

다음에 인용된 시가 『시경』「대아大雅·문왕文王」의 한 구절임은 주에서 밝힌 대로이다. 「문왕」은 원래 문왕의 아들 주공周公 |이름은 단旦|이 자기 아버지 문왕의 크나큰 덕이 하늘의 넓음과 짝하기에 충분하여 주나라를 창업했음을 기술하여 조카인 성왕

成王을 경계한 것이라 한다. 주공은 어린 성왕을 대신하여 7년 동안 섭정하면서 주나라 초기 문물을 완비한 사람이다.

주나라는 시조 후직后稷이 당요唐堯 때에 태邰에 봉해진 이후 문왕을 거쳐 무왕이 상을 멸하고 천하를 차지할 때까지 천여 년 동안 제후국으로 존속해 왔다. 그래서 '오랜 나라'라 했다. 또 문왕의 할아버지 고공단보古公亶父는 서쪽 지역 오랑캐인 융적戎狄들과의 충돌을 피해서 근거지인 빈豳을 떠나 자신을 따르는 빈 땅 사람들과 함께 기산岐山 아래로 옮겨와서 국호를 주라 하고 도성을 건설하는 등 나라의 기틀을 닦았다. 그 후 고공단보의 손자 문왕에 이르러서는 덕화德化를 크게 펼쳐 천하의 3분의 2가 심복해 와서 장차 중원의 종주국으로 군림하기 직전의 단계에 있었다. 그래서 "천명은 새로운 것"이라 했다.

여기서 '천명'은 물론 정치적인 '천명'을 말한다. 이 '천명'은 민의를 통해 나타난다고 하는 것이 '천명'에 대한 정통적인 생각이다. 즉 민의의 필연적인 귀추가 '천명'으로 간주된 것이다. 따라서 '천명'이 새롭다는 것은 문왕의 성스러운 덕에 힘입어 백성의 덕이 날로 새로워 가고, 그것은 또 필연적으로 주가 천하를 갖게 하는 결과로 나타났기 때문에 한 말이다.

'군자'는 천부의 인간 본성을 자각·실현하는 사람이요, '극極'은 '지극한 선至善'을 가리킨다. 본성을 깨달아 실현하는 사람이 남을 다스릴 수 있는 지위에 나아가는 것이 정도이기 때문에, 여기서 군자는 또 '다스리는 지위에 있는 사람有位者'의 뜻을 겸하고 있다. 이러한 군자는 어느 때 어느 곳, 무슨 일이나 어떤 행위에도 자신이 체득한 '지선'을 행하고, 남을 새롭게 하여 지선에 나아가게 한다는 결론이다.

3

지극한 선에 머무름 止至善

『시』에서 읊었다.

천 리의 경기 땅,
백성들 머무르는 곳이로세!

또『시』에서 읊었다.

조그만 저 꾀꼴새도
숲 우거진 멧부리에 머물러 있구나!

이 시를 읽고 공자는 "머무름에 그 머무를 곳을 아나니, 사람이 새만 못해서야 되겠는가!"고 말씀하였다.

詩云 "邦畿千里여 惟民所止라" 하고, 詩云 "緡蠻黃鳥여 止于丘隅라" 하였는데, 子曰 "於止에 知其所止하니 可以人而不如鳥乎아" 하다.

㊅ •詩(시) : 앞의 시는 『시경』「상송商頌·현조玄鳥」제14·15구. 뒤의 시는 「소아·면만緡蠻」제2장 제1·2구. •邦畿(방기) : 중국의 옛 제도에 임금이 있는 서울을 중심으로 반경 500리 사방을 왕기王畿·국기國畿, 또는 방기라 하여 천자의 직할지였음. 반경이 500리이므로 직경은 1000리가 됨. •緡蠻(면만) : 『모시집전毛詩集傳』에는 '새의 작은 모양小鳥貌', 주희의 『시집전詩集傳』에는 '새소리鳥聲'로 되어 있는데, 전자를 택했다. 여기의 면緡 자는 『시경』에는 면緜으로 되어 있으나 뜻에는 변함이 없다. •黃鳥(황조) : 꾀꼬리. •丘隅(구우) : 초목이 우거진 멧부리. •子曰云云(자왈운운) : 공자가 「면만」시를 해설한 말.

뜻풀이

첫 번째 시 「현조玄鳥」는 상商을 중흥시킨 임금 무정武丁을 제사하여 읊은 시이다. 『대학』이 그 가운데 두 구절을 따온 의도는 방기邦畿 천 리의 땅이 백성들이 머물러 살 곳이듯 '지극한 선'은 사람이면 누구나 머물러야 할 경지란 뜻에서이다. 이 시는 천 리라는 공간과 백성이란 대중이 시사하듯이 국가·사회 전체가 지극히 선한 상태로 나아갈 것을 말했다고 볼 수 있다. 그러자면 자연 먼저 그 성원이 되는 개개인 모두가 '지극한 선'에 처해야 함은 물론이다.

두 번째 시에서 '꾀꼬리'는 개인 한 사람 한 사람을 은유한 것이라 볼 수 있다. 초목이 우거진 멧부리는 꾀꼬리가 머무를 가장 적당한 곳이요 안전한 곳이다. 마찬가지로 '지극한 선'은 인간이 머무를 가장 적당하고 안전한 곳이라는 뜻이다. 그래서 공자는 이 시를 들어서 "조그만 미물인 새조차도 능히 제가 어디에 머물러야 할지를 알아서 그곳에 머무는데, 하물며 사람이 되어서 도리어 새보다 현명하지 못해서야 되겠는가!"라고 했다. '지극한 선'을 알아 거기에 머무르지 못하는 사람을 깨우치기 위한 말이다.

공자는 곧잘 이런 태도로 시의 의미를 취해 온 점이 보이므로 여기 이 말도 실제로 공자가 했는지도 알 수 없다. 물론 오늘날의 눈으로 보면 소박하지만 『대학』이 '지극한 선에 머무를止於至善' 것을 역설하는 근본 취지만 이해하면 된다.

4

지극한 선에 머무름·2

『시』에서 읊었다.

깊고도 머언 문왕이시여,
아아 끊임없이 밝으시어
안온히 머무르시었도다!

남의 임금이 되어선 인仁에 머물렀고, 남의 신하가 되어선
경敬에 머물렀고, 남의 아들이 되어선 효孝에 머물렀고, 남의
아비가 되어선 자慈에 머물렀으며, 나라 사람들과 사귐에는
신信에 머물렀더니라.

詩云, "穆穆文王이여 於緝熙敬止라" 하니 爲人君엔 止於仁하고 爲人
臣엔 止於敬하고 爲人子엔 止於孝하고 爲人父엔 止於慈하고 與國人交
엔 止於信하다.

뜻풀이

먼저 문왕의 행장行狀을 대충 알아본다. 성은 희姬|주나라의 성|,
이름은 창昌. 고공단보古公亶父|태왕太王으로 추존됨|의 막내아들
계력季歷|왕계王季로 추존됨|의 아들이자 무왕의 아버지다.

　계력이 지임씨摯任氏의 딸 태임太任에게 장가들어 아들 창을 낳
았는데, 성주聖主가 될 기상이 있었다. 고공이 이를 보고 막내아
들 계력에게 자리를 물려주어 결국에는 창이 이어받게 하려 하였

다. 그러자 계력의 맏형인 태백泰伯이 아버지 고공의 뜻을 알아채고 동생 중용仲雍과 함께 형만荊蠻 지역으로 숨어 버림으로써 계력에게 지위를 양보했다. 창은 계력에게서 지위를 이어받았고, 상나라 주왕紂王 때에 서백西伯|서쪽 지방인 옹주雍州의 장長|이 되었다. 창은 항상 선한 일을 많이 하고 인정仁政을 베풀었으므로 정치·교화가 널리 퍼졌다.

숭후호崇侯虎가 주紂에게 창을 참소하여 한때 유리옥羑里獄에 갇히기도 하였는데, 창의 신하 산의생散宜生 등이 주에게 미녀와 보배·비단 등을 바치고서 풀어 왔다. 창이 더욱 선정을 베풀자 제후들이 속속 심복하여 천하 구주九州 중에 여섯 주가 귀의했다. 천하의 3분의 2를 갖고도 창은 여전히 은을 종주국으로 받들어 고이 섬기는 지덕至德을 보여 오다가 그의 아들 발發|무왕|에 이르러서야 드디어 혁명하여 폭군 주를 내쫓고 천하를 차지했다고 한다. 어쨌든 문왕은 유가에서 정통으로 받드는 성인 중의 한 사람이다.

문왕을 가장 마땅한 도리, 즉 '지극한 선'에 머물렀던 전범으로 내세워 그를 칭송한 시구에 근거하여 '지극한 선'의 대강大綱을 제시하고 있다.

시의 뜻은 그의 덕이 깊고도 원대했던 것, 그리고 언제나 가릴 수 없는 밝음을 보존하고서 머무를 데에 머물러 편안했다는 것이

다. 머무를 데에 머물렀다는 것은 자기의 위치에서 가장 마땅한 도리|지극한 선|를 다했다는 의미이고, 거기에 머물러 편안했다는 것은 오로지 본성이 시키는 대로 자연스레 행위했을 뿐 인위적으로 하는 구차스러움이 아니었다는 뜻이다.

다음으로 '지극한 선'의 범주를 제시하고 있는데, 그것은 '인仁'과 '경敬'과 '효孝'와 '자慈'와 '신信'이다. 백성을 다스리는 군왕의 위치에서 마땅히 머물러야 할 곳은 '인'이고 임금을 받드는 신하의 위치에서 마땅히 머물러야 할 곳은 '경'이다. 그리고 자식의 위치에서는 '효', 어버이의 위치에서는 '자', 누군가와 사귀는 입장에서는 '신'이 마땅히 머물러야 할 곳이다. 여기엔 빠졌지만 위에 제시된 것들에 준해서 유교에서 중요하게 다루는 몇 가지를 더 추가할 수 있다. 형의 위치에서 마땅히 머물러야 할 곳으로 '우友|우애|', 아우의 위치에서 마땅히 머물러야 할 곳으로 '공恭'이 그것이다. 가정의 형제 관계는 사회의 장유長幼 관계로 발전하기 때문에 '우'와 '공'은 그대로 장과 유의 위치에서 머무는 범주들일 수 있다.

위의 '인'·'경'·'효'·'자'·'신'·'우'·'공'은 가정과 사회에서 맺는 온갖 관계에 있어 인간이 처해야 할 가장 올바른 윤리적 범주로서 '지극한 선'의 대강령들이다. 이것은 후천적인 조작에 의해 설정된 것이 아니라 하늘에서 받은 인간 본연의 '성'에서 말미암아 온 자연스러운 지향으로서의 도리라고 보는 것이 유교의 입장이다. 이들 도리가 제대로 실현되지 않는 것은 자신만이 옳다고 여기고 자신만을 이롭게 하려는 혼탁한 마음이 본성을 가린 때문이라는 것이다. 그래서 '밝은 덕'을 밝히는 과제가 첫 번째 의의로 주어진 것이다.

위의 것들은 '지극한 선'의 대강령들이지만 인간과 사물 사이의 미세한 관계로 확대함에 따라 거기에 합당하는 온갖 도리가 생겨날 수 있고, 실제에서 생겨나는 온갖 세세하고 미묘한 도리들이란 결국 위에 든 '인'·'경'·'효'·'자'·'신'·'우'·'공'의 범주들이 구체적으로 실현되는 것으로, 먼저 '지극한 선'의 대강령들을 마음으로 깊이 터득해 지니는 것이 중요한 일이다.

현대에 와서 다시 생각해 보아도 그것들을 낡은 시대의 것이라 배척할 만한 근거는 사실 없다. 사회적 존재인 인간은 정상적인 경우 누구든 윗사람·아랫사람·아들딸·어버이·벗·형|연장자|·아우|연소자|의 위치에 있게 되는 것은 오늘이라고 해서 옛날과 다를 바 없다. 따라서 윗사람으로서 아랫사람을 대하는 '인', 아랫사람으로서 윗사람을 대하는 '경', 아들딸로서 어버이를 대하는 '효', 어버이로서 아들딸을 대하는 '자', 벗으로서 벗을 대하는 '신', 형·연장자로서 아우·아랫사람을 대하는 '우', 아우·연소자로서 형·연장자를 대하는 '공'은 배척해야 할 아무런 요소도 갖고 있지 않다.

문제는 이런 윤리를 어느 한쪽에서만 지키고 상대방은 무시할 때, 나아가 그것이 어느 한쪽에만 강요될 때 가정과 사회에 질서와 조화가 깨진다는 것이다. 실제로 과거엔 많이 그러했던 것도 사실이요, 오늘날 유교가 비판당하는 주원인도 본래의 유교 정신 자체에 있는 것이 아니라 실천 과정에서 일어나는 모순과 불균형 때문이다.

본래의 유교 정신 그대로라면 윗사람이 끝내 '인'으로 나오지 않을 때 아랫사람에게만 '경'으로 일관하라고 강요할 수는 없다. 유교 윤리는 한 마디로 인격 쌍방이 상호 신빙과 기대를 두고 출발하는 윤리라고 할 수 있다.

그런데 유교 윤리에서 하나의 큰 허점은 부부 관계에 대해 정당한 윤리를 제시하지 못한 점이다. 아내에게는 '정貞'을 요구하면서 그에 상응하는 지아비의 정당한 도리는 제시되지 않았다는 말이다. 『대학』의 이 부분에서도 문왕이 남의 지아비로서 머물 곳은 제시되지 않았다. 이것은 부위부강夫爲婦綱이라는 부부 질서관을 수립할 만큼 처와 첩을 두는 걸 당연하게 여기며 여필종부女必從夫만을 내세웠기 때문이리라.

5

지극한 선에 머무름 · 3

『시』에서 읊었다.

저 기수淇水 굽이진 곳 바라다보니
푸른 대숲 번지르르 우거졌어라.
문채 나는 군자님이야
자르는 듯 쓰는 듯이 하시며
쪼으는 듯 가는 듯이 하시네.
찬찬하고 꿋꿋하심이여
훤언하고 뚜렷하심이여!
문채 나는 군자님을
내내 잊지를 못하겠구나!

'자르는 듯 쓰는 듯이 하심'이란 배움을 말함이요, '쪼으는 듯 가는 듯이 하심'이란 스스로 닦음이요, '찬찬하고 꿋꿋하심'이란 내심의 근엄이요, '훤언하고 뚜렷하심'이란 외모의 엄숙이요, '문채 나는 군자님을 내내 잊지를 못하겠구나'란 큰 덕과 지극한 선을 백성들이 잊을 수 없음을 말한 것이다.

詩云, "瞻彼淇澳하니 菉竹猗猗로다 有斐君子여 如切如磋하며 如琢如磨하네 瑟兮僩兮여 赫兮喧兮여 有斐君子를 終不可喧兮로다" 如切如磋者는 道學也요 如琢如磨者는 自修也요 瑟兮僩兮者는 恂慄也요 赫兮喧兮者는 威儀也요 有斐君子終不可諠兮者는 道盛德至善을 民之不能忘也이다.

[주] •詩(시) : 『시경』「위풍衛風·기욱淇澳」제1장 전문全文. •淇(기) : 강 이름. 기하淇河라고도 함. 중국 하남성河南省 임현林縣 동남쪽에 있는 기진淇鎭의 동쪽에서 발원하여 탕음현湯陰縣을 거쳐 기현淇縣에 이르러 위하衛河와 합류한다. 유역에 기원淇園이라는 대나무 밭이 있어서 대나무를 많이 생산했다. '기원은 은殷 주왕紂王의 죽전원竹箭園이었다'는 『죽보竹譜』의 기록을 보면 강안江岸에 푸른 대숲이 보기 좋게 우거졌던 모양이다. •澳(욱) : 강이 굽이진 곳. 『시경』에는 욱奧으로 되어 있다. •菉竹(녹죽) : 『시경』에는 녹죽綠竹으로 적혀 있는데, 녹綠은 녹색이 아니라 녹菉의 가차자로 보고 녹菉은 왕추王芻이고, 죽竹은 편죽萹竹이라 하여 녹과 죽의 두 가지 식물로 보기도 하나, 녹菉은 녹綠과 통한다고

하여 녹죽菉竹을 '녹색의 대'로 보는 편도 많다. 어느 편을 취하든 시의 본래 의미와 『대학』의 뜻에는 크게 관계치 않다. 이 「기욱」 시는 흥체興體로서 위衛 무공武公의 덕을 칭송한 내용인데, 굳이 기수 가의 녹죽으로 흥을 일으킨 것은 대나무가 허중병절虛中秉節·청정유문淸貞有文하여 군자의 기상이 있는 식물임을 은근히 배려함인 듯하다. ▪猗猗(의의) : 아름답게 무성한 모양. ▪斐(비) : 문채 나는 모양. ▪切(절) : 칼과 톱으로 자름. ▪磋(차) : 줄과 대패로 슮. ▪琢(탁) : 망치와 끌로 쪼아 냄. ▪磨(마) : 모래와 돌로 갊. ▪瑟(슬) : 엄밀한 모양. ▪僴(간) : 굳센 모양. ▪赫(혁)·喧(훤) : 둘 다 훤히 드러나는 모습. ▪諠(훤) : 망忘의 뜻. 잊다. ▪道(도) : 언言. 말하다, 이르다.

뜻풀이

「기욱淇澳」은 위衛나라 무공武公이 90세가 넘어서도 학덕을 닦는 데 게으르지 않는 것을 보고 위나라 사람들이 그 덕을 칭송하여 읊은 시이다. 『국어國語』 「초어楚語」에 "옛날 위나라 무공이 나이가 95세였으나 오히려 조정에 이르기를, '경卿에서부터 사장師長에 이르기까지 조정에 있는 선비들은 나를 90이 넘은 늙은이라 하여 버리지 말고 반드시 조회朝會에 성실히 해서, 아침저녁으로 나를 경계시켜 한두 마디 말을 들려주면 내 꼭 마음 속으로 되뇌면서 그 말을 받아들여 내 스스로를 훈도하겠다' 하고 이에 '의계懿戒'의 시를 지어 스스로 경계했다"는 기록이 있다. '의계'의 시는 『시경』의 「대아·억抑」이라고 한다.

앞 장에서는 문왕을 내세워 '지극한 선'의 요점을 제시했다면 이 장에선 위나라 무공을 통해 '지극한 선'을 구하는 방법과 그 징험을 말했다고 할 수 있다. 인용시 다음의 설명문은 그 시에 대한 해석이다. 본래 『이아爾雅』 「석훈釋訓」에 나오는 것으로 고대에 『시경』의 시를 해석한 글이었던 것을 『대학』의 작자가 인용해 온 듯하다.

먼저 "자르는 듯 쓰는 듯이 함은 배움을 말한다"고 했다. 자른다, 쓴다 함은 원래 골각骨角을 다루는 일이었다. 골각을 다루는 자는 칼과 톱으로 잘라서 모양을 만들어 놓고는 줄이랑 대패로 쓸어서 광택이 나게 한다. 마찬가지로 배움에서도 대강의 윤곽을 아는 데서 그치는 것이 아니라 더욱 그 정밀을 추구해 나아간다는 것이다.

다음 "쪼으는 듯 가는 듯이 함은 스스로 닦음"이라고 한 것은 옥석玉石을 다루는 자가 먼저 망치와 끌을 써서 옥석을 쪼아 모양을 잡아 놓고는 모래랑 돌로 그것을 갈아 광채가 나게 하듯이 수양을 할 때도 더욱 원만한 경지로 정진해 간다는 말이다. 이 학學과 덕德을 닦는 것이 바로 '지극한 선'을 구하는 대방大方으로서 '자르고 쪼는 것'만으로는 될 수가 없고, '쓸며 갈고' 난 뒤에야 가능하다는 말이다.

이렇게 학문과 덕을 닦아 나가면 안으로 허술하거나 게으르지 않아서 찬찬하고 꿋꿋함이 있게 되나니 바로 '내심의 근엄'이요,

밖으로 거동에 천루賤陋·구차스럽지가 않아서 훤하고 뚜렷함이 있게 되나니 그것은 '외모의 엄숙'으로서 학덕을 닦음에서 오는 증험이다. 그러한 내면과 외모가 조화롭게 성숙하여 문채 나는 군자가 되었으므로 그의 큰 덕과 지극한 선을 백성들이 차마 잊지 못하게 된다고 했다.

6

지극한 선에 머무름 · 4

『시』에서 읊었다.

아아, 앞서 가신 임금님 잊지 못하리로다!

군자들은 그가 훌륭했음을 훌륭하게 여기고 그가 친애했음을 친애히 여기며, 소인들은 그가 즐겁게 했음을 즐거이 누리고 그가 이롭게 했음을 이로이 누리었으니, 이 때문에 세상을 떠났는데도 잊지 못하는 것이다.

詩云 "於戲라 前王不忘이라" 君子는 賢其賢而親其親하고 小人은 樂其樂而利其利하나니 此以沒世不忘也한다.

㈜ •詩(시):『시경』「주송周頌·열문烈文」맨 끝 구. •於戱(오호):
감탄사. •前王(전왕):주나라의 문왕과 무왕. •君子(군자):후세의
현자와 왕자들. •小人(소인):후세의 서민들.

뜻풀이

문왕은 앞에서도 말했듯이 덕화德化로 당시 민중의 마음을 얻은
임금이다. 그의 아들 무왕도 부왕父王과 아울러 칭송되기는 하나
그는 융복戎服을 입고 정벌의 길에 올라 상商의 주紂를 타도하는
등 무력을 발휘했다고 하여 문왕 만큼은 평가되지 않는다. 그러
나 그도 역시 문왕과 함께 역사상 유교의 덕치주의 이념을 가장
잘 실현한 임금 가운데 한 사람으로 인정받는 것은 사실이다. 그
래서 유덕한 군왕의 전범으로서 유자들은 언제나 이 두 부자 임
금을 아울러 칭송해 왔다.

유교의 덕치주의 이념도 그 근원이 전설 시대인 요·순에까지
소급되기는 하나 기실은 분명하게 역사 시대에 들어선 이 두 왕
의 치세 이념에 보다 큰 근거를 두고 있다. 어쨌든 문·무 두 왕
은 공자가 말한 욱욱郁郁한 주 문화의 대구도를 정립한 현성賢聖
한 군주였다는 것은 그리 맹랑한 전설은 아니다.

여기 인용된 시구는 바로 그 문·무 두 왕의 치적을 후세의
임금·신하·백성들이 차마 잊지 못함을 읊은 것이다. 그 잊히지
않는 까닭으로 그들이 훌륭한 군주로서 예악전장禮樂典章을 갖춰

90

두었기에 후세의 현자들은 그 덕업을 우러러 사모하게 되었고, 창업수통創業垂統함으로써 자손들에게 두터운 인애仁愛를 베풀었기에 자손들은 그것을 받들고 보존하며 은혜롭게 여기며, 백성들로 하여금 저마다 알맞은 직분을 얻어 안락하게 살도록 하며, 또 경제적으로 그들을 이롭게 해주었기에 후세에 이르도록 그들이 끼친 여택餘澤을 누리고 있기 때문이라는 것이다.

그들의 공덕이 당대에서만 그치지 않고 후세에까지 크게 미쳤으므로 세상을 떠난 이후에도 오래도록 임금·신하·백성의 마음에 항상 살아 있다는 것이요, 이것이 '백성을 새롭게 함'으로써 '지극한 선'에 머물게 한 결과라는 것이다.

7

근본과 말단 本末

공자가 말하였다.

"송사訟事를 듣고 결단하는 일은 나도 남 못지 않으나, 반드시 송사 같은 건 일어나지 않게 하고 볼 일이다."

실상도 없는 자가 끝까지 허황한 거짓말을 늘어놓지 못함은 크게 민의를 두려워하는 때문이니, 이를 일러 근본을 앎이라고 한다.

子曰 "聽訟은 吾猶人也나 必也使無訟乎로다" 하다. 無情者가 不得盡其辭는 大畏民志니 此謂知本이다.

㊅ ▪猶(유) : 같다는 뜻. ▪情(정) : 실제의 사실. ▪辭(사) : 허황한 거짓말을 가리킨다.

뜻풀이

여기 인용된 공자의 말은 『논어』「안연」에 나오는 말이다. 공자는 명석하고 과단성 있는 제자 자로子路가 송사를 처리하는 데 뛰어남을 말하고 나서 위와 같은 말을 했다. 원문의 청송聽訟은 오늘날의 재판관이 하는 일로 『주례周禮』에 의하면 당시 소사구小司寇가 이 일을 맡았다. '오청五聽'으로 사건의 진상을 파악했다고 하는데, 그 오청이 재미있다.

첫째는 사청辭聽, 소송 당사자들의 진술 태도를 살펴보면 정직하지 못할 경우 말이 수다스럽다고 한다. 둘째는 색청色聽, 얼굴색을 살펴보면 정직하지 못할 경우 얼굴이 빨개진다는 것이다. 셋째는 기청氣聽, 숨쉬는 것을 살펴보면 정직하지 못할 경우 숨소리가 헐떡거린다는 것이다. 넷째는 이청耳聽, 말을 듣는 태도를 살펴보면 정직하지 못할 경우 헛갈리게 듣는다는 것이다. 다섯째는 목청目聽, 눈동자를 살펴보면 정직하지 못할 경우 동자가 맑지 못하다는 것이다. 직관과 영감으로 소송을 처리한다고 할 수 있을 정도다. 당시는 사람들이 때로 죄를 짓긴 해도 비교적 순박한 편이었으므로 이런 재판으로도 충분히 옳고 그름을 밝힐 수 있었을 법도 하다.

그러나 재판을 잘하고 못하고가 문제가 아니다. 크건 작건 간에 그렇게 재판할 일거리가 아직 사회에서 일어나고 있다는 것이 중요하다. 그래서 공자는 "재판을 담당하여 그 옳고 그름과 잘잘 못을 가리는 일쯤이야 나도 다른 사람만큼은 할 수 있다. 그러나 옳고 그름, 잘잘못 가리는 일을 잘하고 못하고는 말단의 일이다. 반드시 이 사회에서 소송 사건 따위가 애초에 일어나지 않도록 근본을 다스리고 볼 일이다"고 했다. 말하자면 명 판결을 능사로 알 것이 아니라 재판할 것 없이 송사가 저절로 없어지도록 사회 악을 뿌리뽑아야 한다는 말이다. 다시 말해서 백성들이 저마다 선을 지향하도록 덕으로 교화시켜 가야 한다는 뜻이다.

예나 이제나 옥사獄舍가 비고, 법정엔 파리나 날릴 정도가 되어야 가장 잘된 정치요, 또 그것이 최후의 목표이자 이상이다. 이런 상태를 '형조刑措'라고 불렀다. 백성들이 법을 어기는 일이 없기 때문에 형법이 소용없게 되었다는 뜻이다. 『사기史記』에 따르면 주나라 성왕成王·강왕康王 시대 한 40년이 그러했다고 한다.

이러한 '형조'의 상태에 이르면 어쩌다 악인이 있어도 함부로 허황한 말을 지어내어 무옥誣獄을 일으키지 못한다. 법이 무서워서가 아니라 대중의 여론이 두렵기 때문이다.

이렇게 변설의 힘으로 무옥을 얽으려는 자를 말하지 않고도 복종하게 하는 민중, 그것은 덕으로 교화된 민중이어야 한다. 또 그렇게 민중을 교화시키자면 먼저 통치자 자신부터 훌륭한 덕성을 지녀야 함은 당연한 이치다.

다시 말해 자신의 '밝은 덕'을 밝혀 백성을 새롭게 해 가야만

앞의 사실이 가능하다는 말이다.

이것이 바로 근본을 아는 것이다. 송사 같은 말단을 다스리기를 알기 전에 먼저 통치자 자신의 덕을 닦는 것이 송사 따위가 일어나지 않게 되는 근본임을 알라는 의미이다.

원문의 '대외민지大畏民志'에 대해 정현 이하 공영달·주희는 모두 성인聖人을 주체로 내세우고서 성인이 백성의 심지를 몹시 두렵게 한 때문이라는 뜻으로 해석했으나 역자는 '무정자無情者'가 백성의 심지를 두려워한 때문이라고 보았다. 다시 말해서 '무정자'가 거짓말을 끝까지 관철하지 못함은 사회적 제재인 대중의 여론을 두려워하기 때문이란 말이다.

'근본을 앎'이라는 귀결점은 일치하지만 후자의 견지에서 해석하는 것이 글 자체의 구조로 보아도 무리가 없을 뿐 아니라 『대학』의 이론에 더욱 충실한 것이라 생각된다. 전자의 해석, 즉 성인이 자신의 덕으로 백성의 심지를 두렵게 하여 복종시키는 그 단계를 이미 넘어서서, 성인의 덕에 교화된 민중들의 심지를 '무정자'가 두려워하는, 한 걸음 더 나아간 경지가 되는 것이 후자의 해석이다.

8

격물치지 格物致知

앎을 투철히 하려면 사물을 철저히 밝혀야 한다는 것은, 나의 앎을 투철히 하려면 사물에 접근하여 그 이치를 철저히 파헤쳐야 함을 말한다. 영명靈明한 사람의 마음이 앎이 없을 수 없고 이 세상의 사물에 이치가 없는 것이 없는데, 다만 그 이치를 채 밝히지 못한 부분이 있기 때문에 그 앎이 완전하지 못한 데가 있게 된다. 이러므로 대학에서 처음 가르칠 때에 반드시 배우는 자들을, 천하의 사물에 접근하여 이미 알고 있는 이치에 근거하여 더욱 추구해 가서 궁극에 이르게 한 것이다. 오래 힘써서 어느 날 확 트이는 경지에 이르게 되면 모든 사물의 겉으로 드러난 모습과 속에 감추어진 이치, 정치한 면과 엉성한 점이 남김 없이 드러나게 되고, 내 마음의 온전한 실체와 커다란 쓰임이 모두 밝혀지게 된다. 이를 두고 '사물이 구명됨'이라 하고, 이를 두고 '앎이 투철해짐'이라 한다.

所謂致知, 在格物者는 言欲致吾之知면 在卽物而窮其理也이다. 蓋人心之靈이 莫不有知하고 而天下之物이 莫不有理하되 惟於理에 有未窮하다. 故로 其知에 有不盡也한다. 是以로 大學始敎에 必使學者로 卽凡天下之物하여 莫不因其已知之理而益窮之하여 以求至乎其極한다. 至於用力之久하여 而一旦에 豁然貫通焉하면 則衆物之表裏精粗가 無不到하고 而吾心之全體大用이 無不明矣하리니 此謂物格이며 此謂知之至也이다.

뜻풀이

이 장은 『대학』 고본에는 없는 것을 주희가 보충해 넣은 글로 흔히 보망장補亡章이라고 한다. 『대학』 고본에는 "이를 일러 근본을 앎이라 한다. 이를 일러 앎이 극진함이라 한다此謂知本, 此謂知之至也"라고만 되어 경문經文의 끝에 놓여 있었던 것을 주희가 글의 순서가 뒤바뀐 것이라 인정하고 전문傳文의 이 자리에 옮겨 놓았다. 이에 대해 정명도程明道는 '차위지본'을 필요 없이 덧붙은 글이라고 하고, 주희는 '차위지지야' 앞에 있었던 글이 빠져 버리고 결론에 해당하는 이 구절만 남은 것이라고 보았다. 그리고 그 빠진 내용은 경문의 '격물치지'의 뜻을 풀이한 것으로 단정하여 자기 나름으로 『대학』의 체계에 맞도록 보충해 넣었던 것이다.

이 장 첫머리에 "근간에 은근히 정자의 생각을 취하여 다음과 같이 보충해 넣는다間嘗竊取程子之意, 以補之曰"고 하여 자기가 이 부분을 보충해 넣는 것이 정명도에게서 암시 받은 것임을 시사한 대목이 있는데, 그것은 겸사라고 생각된다. 여기서는 편의상 삭제했다.

정자의 생각이란 다른 게 아니고, 어떤 사람이 정자에게 "배움은 어떻게 해야 깨달음이 있게 됩니까?"라고 물으니 정자가 "배움에는 무엇보다 먼저 앎을 투철히 해야 한다. 앎을 투철하게 할 수 있으면 생각思이 날로 더욱 밝아져 가게 되고, 오래 그리 하게 되면 깨달음이 있게 된다"라고 대답한 것이다.

앞 경문에서 이미 격물·치지에 대한 주희의 풀이를 보았으니 이 장을 이해하기는 그리 어렵지 않으리라 믿는다. 한 마디로 적극적인 진리 탐구를 통해 내부의 심성 세계를 환히 밝혀 나감을 말한 것이다. 인간은 정도 차이는 있어도 누구나 날 때부터 지각知覺하고 식별識別하는 능력을 갖추고 있다. 그 지각·식별하는 능력이란 자신이 존재하는 세계의 사물을 떠나서는 달리 인정될 수도 없고 설명될 수도 없다. 다시 말하면 사물은 앎知의 대상이고 동시에 그것을 형성하고 계발하는 계기가 되는 것이다. 따라서 사물을 구명하여 그 이치를 터득해 감이 깊고 넓으면 깊고 넓을수록, 투철하면 투철할수록 그만의 앎의 세계가 넓고 밝고 투철해짐을 의미하고, 반대로 사물의 이치에 밝지 못하면 그만큼 자신의 앎의 세계가 밝지 못함을 의미한다.

그래서 태학太學의 학사들에게 천하의 갖가지 사물을 치밀히 탐구하여 이미 알고 있는 것에 근거하여 그 이치를 철저히 구명해 가는 과정을 밟게 했으니, 이렇게 정밀하게 탐구하는 과정을 줄기차게 밟아 가면 어느 단계에 이르러 사물의 배후에 존재하는 커다란 원리를 깨닫게 되고, 그 원리를 깨닫고 나면 사물의 현상 뒤에 있는 모든 크고 작은 이치를 환히 꿰뚫어 알게 된다는 것이다. "이미 알고 있는 이치에 근거하여 더욱 추구해 가서 궁극에 이르게 한 것이다. 오래 힘써서 어느 날 확 트이는 경지에 이르게 되면 모든 사물의 겉으로 드러난 모습과 속에 감추어진 이치, 정치한 면과 엉성한 점이 남김 없이 드러나게 되고, 내 마음의 온전한 실체와 커다란 쓰임이 모두 밝혀지게 된다"는 것이 바로 그것이다.

이 장에서 주희는 다분히 귀납적인 과정을 밟아 하나의 결론에 도달하는, 현대적인 학구 방법과 같은 태도로 설명하려 한 점이 엿보인다.

9

뜻을 참되게 함 誠意

그 뜻을 참되게 한다는 것은 스스로를 속이지 마는 일이다.
마치 고약한 냄새를 싫어하듯이 하며 고운 얼굴을 좋아하듯이
하는 것, 이것을 자기쾌족自己快足이라고 한다. 때문에 군자는
반드시 감추어진 자신의 내면을 조심한다.

所謂誠其意者는 毋自欺也이다. 如惡惡臭하고 如好好色함을 此之謂
自謙이다. 故로 君子는 必愼其獨也한다.

㊅ ・毋(무) : 물勿과 같음. 금지를 나타낸다. ・惡(오) : 염厭의 뜻. 싫
어하다. ・謙(겸) : 공영달은 겸謙을 겸慊자와 같이 읽고 겸연慊然히 안
정된 모양이라고 하고, 이어서 "마음속으로는 비록 좋아하고 싫어하나
입으로 말하지 않으면 어련히 저절로 편안하고 고요해진다"고 했다. 여

기서는 "겸謙은 쾌快이고 족足이다"고 한 주희의 풀이를 취한다. 협悏과 같은 뜻.

뜻풀이

천하에 길은 두 갈래다. 선과 악, 어느 것이 인간이 갈 길인가는 말하지 않아도 알 일이다. 그러나 어느 것이 인간 본연의 것이냐에 대해서는 각 종교나 철학이 취하는 인간관 혹은 인성관에 따라 다를 수 있다.

유교는 '인간의 본성은 본래 선하다'는 바탕 위에 세워진 것임은 다 아는 일이다. 즉 선은 하늘이 내린 본연이요, 악은 사람의 욕심이 낳는 현상으로 보고 있다. 따라서 인간의 본성은 선을 좋아하고 악을 미워한다. 그리고 선을 좋아하고 악을 미워하는 그 자기가 진정한 자기인 것이다. 스스로를 속이지 말라는 것은 바로 이 진정한 자기를 기만하지 말란 말이다. 다시 말해서 선을 따르고 악을 버리란 말이다.

그러나 때로는 어디에 좋아할 선이 있고 미워할 악이 있는지 그 갈리는 지점을 명확히 파악하지 못할 때가 있다. 그 때문에 '먼저 사물에 접근하여格物 앎을 투철히 하라致知'고 했던 것이다. 이 '뜻을 참되게 함誠意'은 격물·치지가 해결해 준 바탕 위에서 실제 자기 마음의 움직임, 즉 뜻이 일어남을 근거로 하여 철저히 실현해 나가는 과정이다. 그리하여 마침내는 악을 미워하기를 고

약한 냄새를 싫어하듯이, 선을 좋아하기를 고운 얼굴을 좋아하듯이 하여 자기 본성의 본 모습 그대로 체현해 가라는 것이다.

고약한 냄새를 싫어한다거나 고운 얼굴을 좋아하게 되는 것은 외부 상황에 얽매여 어쩔 수 없이 자기를 버리고 남을 위해서 그렇게 하는 것이 아니다. 그것은 오로지 '스스로의 기쁨과 만족 自己快足'을 얻기 위해서다. 선・악 또는 사邪・정正의 경우도 마찬가지다. 자기가 진실로 좋아하지 않으면서도, 진실로 미워하지 않으면서도, 남의 이목 때문에 혹은 외부의 어떤 것에 따라 구차스럽게 좋아하고 미워한다면 그것은 위선이요 사邪다. 그만큼 '자기쾌족'은 선・악・사・정을 제대로 판단하고 선택하여, 진실한 마음으로 그 길로 나아가는 자기를 전제로 하고서야 얻을 수 있는 경지이다. 끝까지 그 진실한 마음을 잃지 않고 자신이 선택한 길로 나아갈 때 비로소 마음이 발라지고 몸이 닦이는 것이다.

스스로의 마음을 바르게 하기 위해서, 그리고 몸을 닦기 위해서 뜻을 참되게 한다는 것은 그토록 주체적이요 자기 내부에 속한 문제다. 그래서 반드시 "감추어진 자신의 내면을 조심한다"고 했다.

왜냐하면 표면에 드러나거나 행동으로 옮겨지기 이전 처음 '뜻이 움직임'은 남은 알지 못하고 자신만이 알 수 있는 극히 깊은 곳에서 일어나고, 또 그 움직임에는 이미 선・악・사・정의 기미가 개재하기 때문이다. 뜻이 진실한가 진실하지 못한가는 감추어진 내면, 자신의 깊은 마음 속에서 움직이는 기미를 성찰하느냐 않느냐에 달려 있다.

'감추어진 자신의 내면'이란 독獨 자의 해석인데, 주희는 '독'을 남은 알지 못하는, 자기 홀로만이 아는 곳이라고 설명했다. 곧 내면의 깊은 곳, 뜻이 처음 일어나는 곳을 두고 말한 것이다. 그 곳이 선·악·사·정이 갈리는 곳이기 때문에 조심한다고 했다. 독獨 자를 '홀로 있음獨居'의 뜻으로 해석하는 수도 있으나 '성의誠意'의 내용을 위해선 전자의 해석이 더욱 적절할 것이다.

10

뜻을 참되게 함·2

소인이 혼자 있을 때 불선한 짓을 하되 이르지 못할 곳이 없이 하다가 군자를 보고 나서는 슬쩍 시침을 떼고, 불선을 가리고 선을 드러내 보이려 한다. 그러나 남이 자기를 알아봄이 마치 간과 폐를 뚫어 보듯 하는 데야 그 무슨 소용이랴. 이런 것을 일러 안에서 진실하면 밖으로 나타난다고 하나니, 때문에 군자는 남이 보지 못하는 깊은 내면을 조심한다.

小人이 閒居에 爲不善하되 無所不至하다가 見君子而后에 厭然揜其不善하고 而著其善하나 人之視己가 如見其肺肝然하니 則何益矣리오. 此謂誠於中이면 形於外이니 故로 君子는 必愼其獨也한다.

㊀ • 小人(소인) : 군자와는 반대인 사람. 여기선 불초不肖한 사람이란

뜻. ▪閒居(한거) : 홀로 있음. 독거獨居와 같다. ▪厭然(암연) : 슬쩍
감추는 모양. ▪揜(엄) : 엄掩과 같은 뜻. 감추다.

뜻풀이

소인은 뜻을 참되게 하지 않는 자다. 그래서 아무도 없는 곳에
혼자 있으면 온갖 사특한 짓과 생각을 다한다. 아무도 보는 이가
없는 곳에서 혼자 하는 일이니 제가 하는 일을 아무도 모르려니
생각하고 방자할 대로 방자하다. 그러나 군자를 만나는 밝은 데
에서는 이제까지 하던 불선不善을 슬쩍 감추고 거짓 선을 드러내
보이려 한다. 자신이 부끄럽기 때문이다.

　군자를 만나서는 부끄러워 가릴 줄 아는 것은 그도 선은 마땅히
해야 하는 것, 그리고 악은 마땅히 버려야 하는 것이라는 본성의
요구를 깨달을 줄 알기 때문이다. 단지 힘들여 뜻을 진실하게 하려
하지 않았기 때문에 스스로를 속이는 그 지경에 이르는 것이다.
이미 안에 불선의 혼탁이 차 오른 자가 자신의 불선이 밖으로 드러
남이 두려워 짐짓 위선으로 자신을 위장하여 그 정체를 숨기려 한
다. 하지만 마음의 눈이 밝은 사람은 이미 자신을 폐와 간을 뚫어
보듯이 환히 알아보는 데야 무슨 소용이 있겠는가?

　마음에 불선이 차면 아무리 위선으로 감추려 해도 밖으로 드러
나고 마는 법이다. 진실이 충실히 쌓이면 그 또한 저절로 나타난다.
그래서 군자는 남이 보지 못하는 깊은 내면을 조심한다는 것이다.

11

뜻을 참되게 함 · 3

증자가 말했다.

"열 눈이 보고, 열 손가락이 가리키는 것, 그 삼엄함이여!"

曾子曰 "十目所視며 十手所指니 其嚴乎로다."

뜻풀이

증자는 이름이 삼參이고 자는 자여子輿, 증점曾點의 아들로 춘추
春秋 때 노魯나라 무성읍武城邑에 살았다고 한다. 이 부자는 둘
다 공자의 제자였는데, 삼은 16살에 공자의 문하에 들어갔다고
한다. 『장자莊子』「양왕讓王」에 증자의 이야기가 나온다. 그에 따
르면, 증자는 사흘이나 밥을 못해 먹기 예사이고 10년에 옷 한

벌 지을까 말까 할 정도로 가난했으나, 『시경』 「상송商頌」의 시를 노래하면 소리가 천지에 가득하여 마치 금석으로 만든 악기에서 울려 나오는 듯했다고 하여, 마음을 갈고 닦는 데 몰두하여 다른 것은 모두 잊었다는 것이다.

「양왕」은 하나의 우언寓言이다. 그러나 증자가 마음을 갈고 닦는 데 몰두하여 다른 것은 모두 잊었다는 것만은 사실이겠고, 그에게서 특히 돋보이는 점은 독실한 효성이다.

증자는 공자가 평했듯이 그 재질이 무딘 편이었다. 그러나 일일삼성一日三省하며 끈질기게 노력하여 드디어 공자에게서 일관지도一貫之道를 이어받아 3000의 제자 중 뛰어나다고 꼽히는 72현賢 가운데서도 으뜸이 되었고, 그것을 다시 자사子思에게 전하여 유학의 정통을 이었다.

이 장은 하루에 세 번이나 자신을 돌아보며 항상 조심하고 노력했던 그에게서 꼭 있을 만한 일로, 앞 장의 "남이 자기를 알아봄이 마치 폐와 간을 뚫어 보듯이 한다"는 말을 발전시킨 것이다. 아무리 자신만이 아는 내면의 그윽한 일이지만 그 선·악을 끝내 엄폐할 수 없음은 "열 눈이 둘러서서 주시하고 열 손가락이 둘러서서 일제히 지적하는 듯"하다는 말이다. 남이 자기를 아는 것보다 자기가 자기를 뭇 사람이 둘러서서 보듯 알고 있는 것이 기실은 더 두려운 법이다. 어느 때 어느 곳에서든 자기 마음이 뭇 사람이 에워싼 가운데 놓인 듯 마음을 삼가라는 의미다.

12

뜻을 참되게 함·4

부는 집을 윤택하게 하고 덕은 몸을 윤택하게 한다. 마음이 넓어지면 몸도 편안하나니, 그러므로 군자는 반드시 뜻을 참되게 한다.

富潤屋하고 德潤身한다. 心廣體胖하니 故로 君子는 必誠其意한다.

㈜ • 胖(반) : 정현은 대大와 같은 뜻으로, 주희는 안서安舒의 뜻으로 풀었다. 주희를 좇는다.

뜻풀이

몸을 주재하는 것이 마음이요, 마음을 운용하는 것이 몸이다. 뜻을 참되게 하여 덕을 가꾸어 가면 마음에 부끄러울 바가 없어서 마음이 툭 트여 옹색함이 없이 너그럽다. 그 마음이 몸으로 드러남에 거리끼고 두려울 게 없어서 보고 듣고 움직이고 멈춤이 자연스럽고 편안하다. 이것이 덕이 몸을 윤택하게 함이다. 그것은 마치 부가 있으면 집이 윤택해짐과 같다는 것이다. "마음이 넓어지면 몸도 편안하다心廣體胖"는 것은 맹자가 말한 호연지기浩然之氣와 같은 것이다.

13

마음을 바루어 몸을 닦음 正心修身

몸을 닦음이 마음을 바르게 함에 달렸다는 것은 마음에 노여워하는 바가 있으면 바르게 할 수 없고, 두려워하는 바가 있으면 바르게 할 수 없고, 좋아하는 바가 있으면 바르게 할 수 없고, 걱정하는 바가 있으면 바르게 할 수 없다는 말이다.

마음이 있지 않으면 살펴도 보이지 않고, 귀 기울여도 들리지 않으며, 먹어도 맛을 알지 못하니, 이를 두고 '몸을 닦음이 마음을 바르게 함에 달렸다'고 한다.

所謂修身이 在正其心者는 身有所忿懥則不得其正하고 有所恐懼則不得其正하고 有所好樂則不得其正하고 有所憂患則不得其正한다. 心不在焉하면 視而不見하고 聽而不聞하고 食而不知其味한다. 此謂修身이

在正其心이다.

㊀ · 身有所(신유소) : 정이程頤가 여기의 신身은 심心으로 보아야 한다고 교정한 뒤로는 대부분 이에 따르고 있다. · 忿懥(분치) : 정현은 '치懥는 성내는 모양怒貌'이라고 했으나 마땅하지 않다. '분치分懥는 노여움이다怒也'라고 한 주희의 주석을 받아들였다. 분忿은 분노가 드러남이요 치懥는 노여움을 남겨 둠이라는 좀 자세한 설명이 있어, 그것이 틀린 설명은 아니지만 이 말은 역시 한 덩어리로 받아들일 성질의 관용어이기 때문에 굳이 구별하지 않고 번역했다. 그 다음에 이어지는 말들에서 "공恐은 심지외心之畏요 구懼는 외지심畏之甚, 호好는 심지희心之喜요 락樂은 희지심喜之甚, 우憂는 심지려心之慮요 환患은 여지심慮之甚"이라고 한 것도 마찬가지다.

뜻풀이

이 장에서 우리는 먼저 한 가지 의문을 가질 수 있다. 사람 마음의 본래 사명은 사물의 자극에 반응하는 것인데, 여기서 그 마음의 반응인 기쁨·노여움·걱정·두려움을 부정함은 웬일인가? 다시 말해서 기쁨·노여움·걱정·두려움이 있으면 마음을 바르게 할 수 없다고 했으니, 그렇다면 마음은 반드시 싸느랗게 식은 재처럼 되어야 발라질 수 있다는 말인가?

　그렇게 보고 만다면 하나 하나의 말뜻에 얽매여서 글 전체의 속뜻을 놓치는 결과가 된다.

유교 안에서도 마음은 다각도로 설명되나 기쁨·노여움·걱정·두려움 따위의 감정은 마음의 작용心之用이라고 하여 결코 부정하지는 않는다. 마음의 본체 그 자체는 '지극히 고요한 상태로 텅 비어 있어서至靜至虛' 득실을 논할 여지가 없지만, 일단 외부 사물의 자극을 받으면 반응|발發이라고 한다|이 없을 수 없다. 그 반응해서 된 것이 바로 기쁨·노여움·걱정·두려움 따위의 정情으로 마음의 본체心之體에 대한 마음의 작용心之用이라는 것이다. 여기서 요구하는 것은 반응하되 가장 마땅하도록 하라는 것이다.

『중용中庸』에서도 기쁨·노여움·걱정·두려움이 일어나지 않은 상태를 '중中'이라 하고, 일어나서 다 절도에 맞는 것을 '화和'라고 한다고 했다. 절도란 한 마디로 말해서 타당성을 지니는 행위의 준칙 또는 정도를 의미한다. 마음의 작용이 항상 이 준칙 또는 정도에 맞는 것이 '화'이다.

이 장에서도 근본은 기쁨·노여움·걱정·두려움의 감정을 부정하는 것이 아니라 바로 '화'를 요구한다고 보아야 할 것이다. 다시 말해서 마음에 노여워함, 두려워함, 좋아함, 걱정함이 있으면 마음이 발라질 수 없다는 것은 그러한 기쁨·노여움·걱정·두려움의 감정 자체가 완전히 없어져야 비로소 마음이 바르게 될 수 있다는 의미가 아니라 마음이 어느 한쪽에 얽매이거나 집착하거나 동요될 때에 마음은 '중정中正'의 자세를 잃고 되고, 따라서 사물을 바로 이해하고 처리하지 못하게 된다는 말이다. 이러한 뜻을 밝힌 말이 "마음이 있지 않으면 살펴도 보이지 않고, 귀 기울여도 보이지 않고, 먹어도 맛을 알지 못한다"는 것이다.

여기서 '두려워하는 바所恐懼' 또는 '좋아하는 바所好樂'라고 하여 특별히 '…하는 바所'라고 한 것은 '두려움'이라든지 '좋아함'과 같은 감정 자체가 아니라 구애·집착·동요되는 마음의 상태를 의미한다.

14

몸을 닦아 집안을 바로잡음 修身齊家

집안을 바로잡음이 자기 몸을 닦음에 달렸다고 하는 것은 사람이란 제가 가까이 하고 사랑하는 이에게 공정하지 못하며, 제가 천하게 여기고 미워하는 이에게 공정하지 못하며, 제가 두려워하고 존경하는 이에게 공정하지 못하며, 제가 애처롭고 불쌍히 여기는 이에게 공정하지 못하며, 제가 오만히 대하고 게을리 다루는 이에게 공정하지 못하다는 말이다. 그러므로 좋아하되 그 나쁜 점을 알아보며, 미워하되 그 좋은 점을 알아보는 사람이란 세상에 드물다.

그래서 속담에도 이런 말이 있다. "사람들은 제 자식 나쁜 점을 알아보지 못하고, 제 곡식 싹이 큰 줄은 모른다."

이런 것을 가리켜 '몸이 닦이지 않으면 집안을 바로잡을 수 없다'고 하는 것이다.

所謂齊其家가 在修其身者는 人之其所親愛而辟焉하며 之其所賤惡而
辟焉하며 之其所畏敬而辟焉하며 之其所哀矜而辟焉하며 之其所敖惰
而辟焉한다. 故로 好而知其惡하며 惡而知其美者는 天下鮮矣하다.
故로 諺에 有之하니 曰 "人이 莫知其子之惡하며 莫知其苗之碩하다"
라 하다. 此謂身不修면 不可以齊其家이다.

㊀ ▪人(인) : 중인衆人. 보통 사람. ▪之(지) : 정현은 적適의 뜻으로,
주희는 어於와 같이 보았다. ▪惡(오) : 나쁜 점. ▪辟(벽) : 정현은 비
譬로 읽고서 유喩와 같다고 했으나, 주희는 마음이 한쪽에 치우쳐 공정
하지 못하다는 뜻의 편벽偏僻으로 보았다. ▪鮮(선) : 드물다. ▪諺(언) :
속담.

뜻풀이

대개 주석이 달라지면 글 전체의 뜻에 영향을 미치고, 반대로 전
체의 뜻을 파악하는 관점의 차이가 다른 주석을 가져오기도 한
다. 특히 이 장에서 '지之' 자와 '벽辟' 자에 대한 정현과 주희의
생각 차이는 해석 전반에 현격한 차이를 가져온다. 번역문은 주
희의 주를 좇은 것이다.

참고로 정현과 그에 따른 공영달孔穎達의 해석을 살펴본다.

정현은 『예기주』에서 주에 소개한 대로 지之를 적適의 뜻으로, 비辟를 비譬로 읽어서 "비辟는 유喩와 같다"고 하여 다음과 같이 해석했다.

"사람이 저에게 나아가서 마음속으로 '내가 어째서 이 사람을 가까이하고 사랑하게 되는가? 그것은 아마 그에게 미덕이 있기 때문이 아닐까? 내가 어째서 이 사람에게 오만하게 대하고 이 사람을 게을리 다루게 되는가? 그것은 아마도 그의 생각과 행실이 경박한 때문이 아닐까?'라고 헤아려 보고 돌이켜 자신을 깨우쳐 보면 몸이 닦여졌는지 그렇지 않은지를 제 스스로 알 수 있음을 말한다."

공영달도 정현의 생각을 좇아서 『예기정의禮記正義』에서 이렇게 풀이했다.

"가령 내가 저 사람에게 나아가서 그에게 덕이 있음을 보게 되면 그는 내가 가까이하고 사랑하는 사람이 된다. 응당 돌이켜 내자신에게 깨우쳐 보매 그가 덕이 있기 때문에 내가 가까이하고 사랑하는 사람이 된 것이라 생각된다면, 나도 만약 스스로 몸을 닦아 덕을 지니게 되면 마찬가지로 뭇 사람이 나를 가까이하고 사랑하도록 할 수 있음을 말한다."

그리고 그 다음 구절도 "내가 저 사람에게 나아가서 저 사람을 천하게 여기고 미워하는 것은 필시 저 사람에게 덕이 없기 때문이다. 또한 마땅히 되돌아와 나를 깨우칠지니 나도 만약 덕이 없으면 다른 사람도 나를 천하게 여기고 미워할 것임을 말한다"고 풀이하였다. 그 다음의 세 구절도 같은 관점으로 해석을 내렸다. 두려워하고 존경하는 소이는 장엄莊嚴하기 때문이요, 애처롭고 불쌍하게 여기는 소이는 약한 자를 자애롭게 보살피는 덕이 있기 때문이며, 오만하게 대하고 게을리 다루는 소이는 사벽邪辟하기 때문이라고 지적했다.

정현·공영달 두 사람과는 달리 주희는 지之를 어於로, 벽辟을 벽僻으로 보았다. 지之 자가 적適이나 어於의 뜻으로, 벽辟 자가 비譬나 벽僻의 뜻으로 쓰인 용례가 옛 문헌에 모두 있고 보면 어느 설이 옳다고 속단하기 어려우나 이 책에서는 일단 주희의 설에 근거한다. 뒤의 21장에 "벽즉위천하육의辟則爲天下僇矣"라 하여 벽辟이 벽僻의 뜻으로 쓰인 용례가 있음을 보아 주희의 설이 더 타당한 것으로 생각된다.

'벽僻, 곧 편벽이란 어느 한 곳에만 집착하여 다른 모두를 거부하는, 마음이 중정中正하지 못한 자세다. 이 중정하지 못한 마음으로는 인간 관계를 바로 전개시켜 가지 못하고 사물을 바로 이해하고 처리해 가지 못한다.

가까이 하고 사랑함親愛, 천하게 여기고 미워함賤惡, 두려워하고 공경함畏敬, 애처롭고 불쌍히 여김哀矜, 오만하고 게을리 다룸敖惰은 인간에게 다 있는 보편적인 감정이다. 그러나 여기에 마땅한 정도와 타당성이 결여되고, 이지적인 성찰의 눈을 아울러 더하지 않을 때 마침내 어느 한쪽으로 치우치게 되고 만다. '친애'하는 대상에게는 무조건적인 사랑으로 치우쳐 공정하지 못하게 되고, '천오'하는 상대에게는 관대함으로 돌아갈 줄 몰라 공정하지 못하게 되고, '외경'하는 상대 앞에서는 지나치게 기가 꺾여 공정하지 못하게 되고, '애긍'하는 대상에게는 우선 보살피는 데만 치우쳐 공정하지 못하게 되고, '오타'하는 상대에게는 교만으로 치달려 공정하지 못하게 된다. 이렇게 한쪽에만 치우쳐 공정하지 못하고서야 자신이 대하는 인간과 사물에 대해 좋든 나쁘든 그 진면모를 바로 파악할 수 없음은 물론이다.

그래서 "좋아하되 그 나쁜 점을 알아보며, 미워하되 그 좋은 점을 알아보는 사람이란 세상에 드물다"고 했다. 대상의 참다운 면모를 파악하지 못하고서는 올바른 대응은 불가능하고, 올바른 대응이 되지 않고서는 집안과 나아가 사회에서도 올바른 인간관계를 실현하기란 따라서 불가능하다.

무조건적인 사랑에 치우쳐 있기 때문에 제 자식 나쁜 점을 못 알아보고, 탐내는 마음에 치우쳐 있기 때문에 제 곡식 싹이 큰 줄은 모르는 것이다. 우리 속담에도 "며느리가 미우면 발꿈치가 계란 같다고 나무란다"는 말이 있다. 이렇게 무조건적인 편벽은 무지몽매한 집착 바로 그것이요, 그 결과는 집안에서 골육간의 다툼을 가져오기까지 하는 것이다.

이 장은 앞 장 '정심수신'의 대의를, 올바른 인간관계 실현을 위한 첫 단계인 '집안을 다스림齊家'이라는 문제에 적용하여 발전시킨 것이다. 여기서 다루고 있는 친애親愛·천오賤惡·외경畏敬·애긍哀矜·오타敖惰 가운데서 '친애'를 제외한 다른 네 가지는 집안 사람들과의 관계에서 가지는 감정과는 다소 거리가 있는 대인 감정으로 '제가'와는 무관한 문제로 보기 쉽다. 그러나 여기서 말하는 '가'는 오늘날과 같은 소가족 제도의 가정이 아닌, 대가족 제도의 집안으로서 가문의 성질로 보아야 할 개념이다. 오늘의 견지에서는 하나의 작은 사회로 볼 수 있는 '가'이다. 따라서 이 '제가'에서 제시되는 문제는 사회에서 맺는 대인관계에 따르는 문제로 받아들여질 수 있다.

15

집안을 바로잡아 나라를 다스림 齊家治國

나라를 다스리려면 먼저 집안을 바로잡는다고 한 것은 제 집안을 교화하지도 못하면서 남을 교화할 수 있는 사람은 없기 때문이다. 그러므로 군자는 집을 나서지 않고서도 온 나라에 교화를 이룩한다. 효는 임금을 섬기는 길이요, 제悌는 윗사람을 받드는 길이요, 자慈는 민중을 거느리는 길이다.

「강고」에 "갓난아기 돌보듯 하라"고 했다. 마음으로 정성껏 구하기만 하면 비록 딱 들어맞지는 못한다고 하더라도 멀리 벗어나지는 않으리니, 어린애 기르기를 배우고 난 뒤에야 시집갔다는 사람 아직은 없다.

所謂治國이면 必先齊其家者는 其家를 不可教하고 而能教人者는 無之이

어서다. 故로 君子는 不出家而成教於國한다. 孝者는 所以事君也요 弟者는 所以事長也요 慈者는 所以使衆也이다. 康誥에 曰 "如保赤子하라" 하니 心誠求之면 雖不中이나 不遠矣리니 未有學養子而后에 嫁者也하다.

㈜ •弟(제) : 제悌와 통용하며 공순恭順의 뜻. •赤子(적자) : 갓난아기. •中(중) : 맞히다, 딱 들어맞다.

뜻풀이

오늘날은 가정을 다스리는 문제와 국정에 참여하는 문제가 직접적으로 밀접한 관련이 있는 것은 아니다. 가정을 잘 이끌어 가는 사람이라고 해서 반드시 훌륭한 정치가가 될 수 있는 것도 아니요, 훌륭한 정치가라고 해서 반드시 가정을 잘 이끌어 간다고 할 수도 없을 것이다. 오히려 국사를 위해 집안 일에 소홀하거나, 집안 일 때문에 국사를 버린다거나 하는 상충되는 경우마저 있을 수 있다.

그러나 유가 경전인 『대학』에서 '집안을 바로잡음'과 '나라 다스림'을 연결시키고 있는 문제는 집안 일·나랏일의 그 '일'과 일을 맡는 사람의 수완이나 능력이 아니다. '일'과 능력을 문제삼는다면 당시에도 국사를 위해 집안 일을 돌보지 않기도 했으며, 가산을 크게 일구었다고 해서 반드시 나라를 경영할 인재로 인정된 것도 아니었다.

여기서 문제삼고 있는 것은 '일' 이전의 체제인 인륜이며, 수완과 능력 이전의 바탕인 '덕'이다. 이것이 '제가'와 '치국'의 문제가 직결되는 연유이다. 왜냐하면 유교의 정치 이념은 '덕치'에 있고, '덕치'란 덕으로 감화시켜 인륜을 세우는 일이요 그 인륜의 온상이 바로 가정이기 때문이다.

바꾸어 말하면 가정 내의 인륜을 확대·발전시킨 것이 국가·사회의 질서이고, 정치의 최종 목표를 항구적인 질서를 수립하는 데 두고 있는 만큼 '제가'가 '치국'으로 직결되지 않을 수 없다. 따라서 국정에 참여하는 사람의 자질도 덕을 위주로 하게 된다. 덕 그것을 떠나서 달리 무슨 정치하는 수완이니 능력이니를 논하는 것은 '덕치'에서는 무의미하다. 덕은 그런 것들을 포함하는 하나의 위력으로 표상되어 있다.

공자는 『논어』「위정爲政」에서 이렇게 말했다.

"덕으로 정치하는 것은 비유하면 북극성이 제 자리에 있고 모든 별들이 그를 향해 둘러 있는 것과 같다.爲政以德, 譬如北辰居其所, 而衆星共之"

오늘날의 위정자에게도 덕은 물론 가벼이 평가될 수 없다. 국민은 위정자에게 수완이나 능력 이전에 인간적으로 신뢰할 수 있는 사람이기를 기대한다.

예나 이제나 덕은 사람을 상대하는 모든 일의 중추이다. 훌륭한 덕을 갖추면 집안에서나 집 밖에서나 모두 그를 우러르고 따른다. 그래서 "제 집안을 교화하지도 못하면서 남을 교화할 수

있는 사람은 없다"고 역설적으로 설명한 것이다. 이어서 "군자는
집을 나서지 않고도 온 나라에 교화를 이룩한다"고 한 것도 우러
르고 따른다는 바로 그 의미다.

집안에서 자식이 어버이를 섬기는 '효'는 집 밖에서는 신하·
백성이 임금을 섬기는 도리요, 아우가 형을 받드는 '제'는 집 밖에
서는 아랫사람이 윗사람을 받드는 도리요, 어버이가 아들딸을 사
랑하는 '자'는 집 밖에서 위정자가 민중을 거느리는 도리가 되는
것이다. 그러므로 집안에서 '효'·'제'·'자'를 충실히 실행한다는
것은 가정을 바로잡음인 동시에 집 밖으로 향한 한 전범으로서
저절로 교화를 이룩하게 되며, 자신이 '치국'에 참여하는 길도 가
정 내의 도리부터 다할 수 있는 덕이 바탕이란 뜻이다.

『서경』「강고」에서 인용한 "갓난아기 돌보듯 하라"는 말은 어
머니가 강보에 싸인 갓난아기를 돌보듯 위정자가 백성을 돌보라
는 말이다. 민중을 거느리는 길로서의 '자'의 도리를 특히 강조하
여 발전시킨 것이다.

갓난아기는 말을 할 수 없으므로 제가 바라는 것이 무엇인지
말하지 못한다. 하지만 어머니가 마음으로 정성껏 아기가 무엇을
바라는지를 찾기만 하면 비록 아기 마음과 딱 맞지는 못한다 하더
라도 그 아기가 바라는 바에서 엉뚱하게 빗나가지는 않는다. 다시
말해 위정자는 항상 정성을 기울여 민중의 욕구를 알아내어 대처
하라는 뜻이다. "어린애 기르기를 배우고 난 뒤에야 시집갔다는

사람 아직은 없다"는 비유는 오늘날에는 좀 어색하게 들릴 수도 있겠다. 그러나 그 속뜻은 어린애를 돌보는 어미의 자애로운 마음은 작위적으로 배우지 않더라도 지극한 정성만 있으면 안에서 자연 우러나기 마련인 것으로 위정자가 민중을 거느리는 도는 이 어미의 마음을 확충해 나가는 데 불과할 뿐이라는 말이다.

16

집안을 바로잡아 나라를 다스림 · 2

한 집안이 어질면 온 나라가 어질어지려 분발하고, 한 집안이 겸양하면 온 나라가 겸양하려 분발하고, 한 사람이 탐욕스럽고 이치를 거스르면 온 나라가 패란悖亂을 일으킨다. 그 동기가 이러하니 "한 마디 말이 일을 뒤엎고, 한 사람이 나라를 안정시킨다"고 하는 것이다.

요와 순이 인애仁愛로 천하를 거느림에 온 백성이 거기에 따라 했고, 걸과 주가 포악함으로 천하를 거느림에 온 백성이 거기에 따라 했다. 그들이 내리는 명령이 그들 자신이 실제 즐기는 것과 상반되는 것이면 민중이 따르지 않는 법이다. 이러므로 군자는 자신에게 있고 난 뒤에야 남에게도 있기를 촉구하며, 자신에게 없고 난 뒤에야 남에게 나무랄 수 있나니,

제 몸에 간직한 것이 '서恕'가 아니고서야 능히 남을 깨우칠
수 있는 사람은 결코 있지 않다.

　그러므로 나라를 다스림이 그 집안을 바로잡음에 달렸다.

一家가 仁하면 一國이 興仁하고 一家가 讓하면 一國이 興讓하고 一人
이 貪戾하면 一國이 作亂한다. 其機如此하니 此謂 "一言이 僨事하며
一人이 定國한다" 하다. 堯舜이 帥天下以仁하매 而民이 從之하고 桀紂
가 帥天下以暴하매 而民이 從之하다. 其所令이 反其所好면 而民이 不
從한다. 是故로 君子는 有諸己而後에 求諸人하며 無諸己而後에 非諸
人한다. 所藏乎身이 不恕인데 而能喩諸人者는 未之有也하다. 故로 治
國이 在齊其家한다.

㉾　• 一人(일인) : 임금君을 말함. • 機(기) : 발동이 말미암는 것發動
所由, 즉 동기・동인. • 僨(분) : 복패覆敗의 뜻. 뒤엎다. • 帥(솔) :
거느리다. • 諸(저) : 어조사. 대명사 지之와 전치사 어於가 결합된 형
태. • 非(비) : 비난하다. • 喩(유) : 효유曉諭, 깨우치다.

뜻풀이

먼저 이 장에 나오는 요堯・순舜・걸桀・주紂에 대해 좀 자세히
알 필요가 있다. 이 네 군왕은 현성賢聖과 포학暴虐의 양 극단으로
상징되어 수천 년 중국의 역사 기록에 오르내렸을 뿐 아니라 이
『대학』의 사상적 배경의 일환이 되고 있기 때문이다.

요는 순과 함께 중국과 그 이웃인 우리나라 등지에서 오랫동안 칭송되어 온 가장 이상적인 성주聖主이다. 아울러 그들이 다스리던 시대는 당·우지치唐虞之治라 하여 일종의 지상낙원의 시대로 알려져 있다. 요의 성은 기祁, 제곡帝嚳의 둘째 아들이다. 처음에 도陶|지금의 산동성 정도현定陶縣 서남|에 봉해져서 뒤에 당唐|지금의 하북성 당현唐縣|으로 옮겼기 때문에 도당씨陶唐氏라고도 한다. 요는 생존 당시에 백성과 신하들이 부르던 호라고 한다. 기록에는 주로 그가 다스리던 왕조인 당을 앞에 붙여 당요唐堯라고 하고 제요帝堯라고도 하며, 더러는 방훈放勳이라고도 했다. 방훈은 『상서』「요전」 첫머리에 나오는데, 그를 찬미한 칭호로 공덕이 지대하여 사방 상하에 이르지 않은 데가 없음을 뜻한다고 한다. 요의 형은 지擊인데 황음무도했기 때문에 폐하고 제후들이 요를 천자로 받들어 평양平陽|지금의 산서성 임분현臨汾縣|에 도읍했다고 한다.

통치자로서 요의 품격은 하늘같은 '인'과 신과 같은 '지智'를 겸비하였으며, 백성들이 태양처럼 우러르고 오랜 가뭄에 비구름을 기다리듯 그를 바랐다고 한다. 공자는 『논어』「태백泰伯」°에서 요를 찬탄하여 "크기도 하다, 요의 임금됨이여! 높고 크기론 오직 하늘만이 크거늘 요가 이를 본받았네. 아득히 크고도 넓어 백성들 무어라 이름할

『논어』 인용구의 원문은 다음과 같다.
大哉, 堯之爲君也! 巍巍乎
唯天爲大, 唯堯則之,
蕩蕩乎民無能名焉!
巍巍乎, 其有成功也!
煥乎其有文章!

수 없구나! 높고도 크도다, 그의 공을 이룩함이여! 빛나도다, 그의 문채를 가짐이여!"라고 했다.

당시의 소식을 전해 주는 「격양가擊壤歌」에 "해 돋으면 일어나고 해 지면 쉬며, 우물 파서 물 마시고 밭 갈아 밥 먹으니, 제왕의 힘이야 내게 무슨 상관인가!"라고 했다. 요의 다스림이 너무도 원만하여 그의 통치력이 미치고 있다는 사실을 민중이 의식하지 못할 만큼 세상이 태평 무사했다는 것이다.

요에게는 단주丹朱라는 아들이 있었다. 그러나 그가 불초하여 제위를 계승하게 할 수 없다고 생각하고 초야에 묻힌 순을 맞아들였다. 요는 순이 훌륭하다는 소문을 듣고 먼저 두 딸 아황娥皇과 여영女英을 순에게 시집 보내어 사람됨을 알아본 뒤에 그를 조정에 맞아들여 자신의 노년에 대리청정代理聽政하게 하여 능력을 시험했다. 그런 뒤에 제위를 그에게 물렸다고 한다.

물론 요는 중국 전설 시대의 한 군주로서 실존 인물인지는 따질 필요도 없고, 다만 전해 오는 사실이 주목할 만할 뿐이다. 공자에 와서 완성된 유교 사상도 그 근원을 요에게 두고 순 - 우禹 - 탕湯 - 문文·무武·주공周公 - 공자에게로 이어진 것으로 되어 있고, 그 사상의 핵심은 '인仁'이다. 역사적 사실인지 아닌지는 잠시 접어 두고 생각할 때 요는 우리나라로 치면 단군에 해당할 인물이며, 그가 다스리던 당대唐代는 단군의 '신시神市의 시대', 그리고 그의 '인'은 단군의 '홍익인간弘益人間'의 이념에 해당되는 것이라 하겠다.

　요의 뒤를 계승한 순도 역시 전설 시대의 한 군왕이다. 성은 요姚, 고수瞽瞍의 아들이다. 생모 악등握登이 일찍 죽고 완악한 아버지 고수와 미련스러운 계모에게서 갖은 학대를 받으면서도 언제나 온화하게 지극한 효성을 다해 좋은 평판이 세상에 알려지고, 인근 주민이 모두 그를 따르게 되어 나중에 요에게 발탁되어 우조虞朝를 열었다. 따라서 유우씨有虞氏, 또는 우순虞舜이라고도 한다. 『상서』「순전舜傳」의 첫머리에서는 그를 중화重華라고 표현하였는데, 요를 방훈이라고 한 것과 마찬가지로 찬미하는 말이다. '중'은 거듭하다는 뜻이요 '화'는 문덕文德이라 했으니 순이 요를 잘 계승하여 그 빛나는 문덕을 거듭할 수 있었다는 뜻이다.

　순은 원래 초야에 묻혀 몸소 질그릇 굽고 밭 갈며 살던 현자로서 깊고 예지로우며 빛나고 밝았을 뿐 아니라 온공溫恭·신실信實하여 깊숙한 덕을 지녔다고 한다. 요의 조정에서 대리청정하면서 공공共工|관직명|·환도驩兜·삼묘三苗|제후국|·곤鯀의 사흉四凶을 제거하고, 현철한 인재들을 끼고서 크게 치적을 올렸다. 대리청정한 지 28년 만에 요가 죽으면서 순에게 제위를 선양하였으나 순은 요의 아들 단주에게 제위를 전하고자 하였다. 그래서 요의 삼년상을 끝내고는 남하南河|지금의 호북성 지경|의 남쪽으로 피신해 갔다. 그러나 천하의 제후들은 단주에게 가서 조근朝覲하지

않고 순에게 와서 조근하며, 노래하는 이들은 단주를 노래하지 않고 순을 노래했다. 이렇게 모두가 순을 후계자로 받들므로 순은 이것이 천명임을 깨닫고 비로소 돌아와 천자의 자리에 올라 포판蒲坂|지금의 산서성 영제현永濟縣 동남 일대|에 도읍했다.

그리고는 우禹에게 수토水土를 다스리게 하고, 후직后稷|이름은 기棄|에게 농무農務를 맡기고, 설契에게는 교육을 맡기며, 고요皋陶에게는 법무法務를 보게 하여 요의 제업帝業을 훌륭히 계승·발전시켰다고 한다. 순이 오현금五絃琴으로 직접 노래했다는 「남풍가南風歌」가 전해 오는데, "남쪽 바람 훈훈함이여! 우리 백성들의 노여움憾을 풀어 주리로다. 남쪽 바람 때맞춰 불어옴이여! 좋이 우리 백성의 살림을 가멸케 하리로다"라고 하여, 인위적으로 작용하지 않으면서도 성세盛世를 구가했다.

순에게도 상균商均이란 아들이 있었으나 불초하여 우에게 선위했다.

걸은 하조夏朝의 마지막 임금이다. 은殷의 주왕紂王과 함께 전형적인 폭군으로 동양의 네로라 일컬을 만하다. 요와 순이 여러 천 년을 두고 성군으로 칭송되어 왔음에 대하여 이들은 정반대의 위치에서 혹독히 규탄·저주받아 왔다. 걸의 이름은 계癸, 포악·역리逆理·탐욕·잔학스러우며, 힘은 쇠갈고랑이를 마음대로 펼 수 있을 정도였다고 한다. 유시씨有施氏를 공격하자 유시씨가 말희妹姬라는 계집을 바쳤다. 그때부터 걸은 말희에게 매혹되어 말희의 말이라면 무조건 다 들어 주었다. 그리하여 경궁瓊宮과 요대瑤臺를 만들고 백성들의 재물을 무차별로 빼앗아 육산肉山·주지酒池를 베풀며 밤과 낮을 가림이 없이 말희와 더불어 쾌락에 탐닉하였다.

한漢 유향劉向이 지은 『신서新序』에 따르면 "걸의 술못이 충분히 배를 띄울 수 있었고, 술지게미가 산처럼 쌓여 그 위에 올라가면 칠 리를 바라볼 정도이며, 한번 북을 울리면 소처럼 마시는 자가 삼천 명"이었으며, 현신賢臣 용방龍逢이 "임금이 몸소 예의를 행하며 민중을 사랑하고 국고를 절약하면 국가가 평안해지며 임금은 천수를 다하게 될 터이온데, 이제 임금께서는 재물을 마치 무진장인 듯이 탕진하시며 인민을 죽어라 하는 듯이 부려쓰시고 있습니다. 이를 혁신하지 않으시면 하늘의 앙화가 반드시 내려 몸을 베이는 일이 꼭 도래하고야 말 것이오니 임금께서는 즉시 고치소서"라 간하고는 버티고 서서 조정을 떠나지 않자 걸은 용방을 가두어 죽였다고 한다.

걸은 "내가 제왕의 지위에 있음은 하늘에 태양이 있음과 같다. 태양이 사라지는 날에야 내가 비로소 망하게 되리라"고 공언하고는 탐학을 그치지 않았다. 민중들은 드디어 "이 태양|걸을 지칭|은 언제나 망하게 될꼬? 내 차라리 너와 함께 망해 버리리라時日曷喪? 予及汝皆亡"고까지 하게 되었으며, 제후들도 모두 반기를 들었다.

마침내 이윤伊尹이 탕을 보필하여 걸을 정벌하고, 그를 남소南巢 |지금의 안휘성 소현巢縣 동북|에 추방함으로써 하 왕조는 망했다. 걸은 3년 뒤 정산亭山|지금의 소현 와우산臥牛山|에서 죽었다고 한다. 걸은 그의 시호인데, 시법諡法에 "사람을 해치고 많이 죽인 것을 걸桀이라 한다"고 했다.

주는 상조商朝의 마지막 왕이며 제을帝乙의 아들. 이름은 신辛, 주紂는 그의 시호이다. 시법에 "잔인하고 의義를 버리는 것을 주, 또는 의를 짓밟고 선을 버리는 것을 주라고 한다"고 했다.

주는 맨주먹으로 맹수를 쳐죽일 만큼 힘이 세었을 뿐 아니라 자질도 민첩하고 지혜로웠다. 뛰어난 변설로 자신의 잘못을 능란하게 합리화시킬 수 있었으며, 술을 즐기고 계집을 탐하며 포학무도했다고 한다. 유소有蘇를 침공하여 달기妲己란 계집을 얻어서 음란 무도無度, 오직 달기의 말에만 귀를 기울였다고 전한다.

백성을 착취하여 녹대*를 채우고 거교*를 메웠을 뿐 아니라 임신한 여인의 배를 갈라 태아를 꺼내 보는 잔학한 짓까지 서슴지 않았다고 한다.

그의 숙부이자 현신인 비간比干이 "남의 신하 된 자는 죽음으로써 간하지 않을 수 없다" 하고서 사흘 동안 조정에서 떠나지

녹대鹿臺 : 주가 재화를 쌓아 둔 창고.. 늠대廩臺 또는 남단대南單臺라고도 하며, 하남성 기현淇縣에 옛터가 남아 있다. 『신서』에 따르면 크기가 3리, 높이가 천 척이었다고 함.

거교鉅橋 : 주가 곡식을 쌓던 창고. 하북성 곡주현曲周縣 동북에 그 옛터가 있다고 함.

않고 주를 간하였다. 이에 주가 화를 내어 "내 들으니 성인은 심장에 일곱 개의 구멍이 있다고 하더라" 하고서는 비간의 가슴을 쪼개고 그 심장을 집어 내 보았다고 한다. 비간뿐만 아니라 역시 그의 숙부인 기자箕子도 그가 마음을 고쳐 먹기를 촉구했으나 끝내 듣지 않았다. 기자는 머리칼을 풀어헤치고 거짓 미친 척하여 노예가 되어 버렸으며 그의 서형庶兄인 미자微子도 간하다가 상 왕조의 종말을 예견하고는 그를 떠나 버렸다.

'은殷의 삼인三仁'이라고 불리는 이들이 흩어지자 주周의 무왕이 태공망太公望의 보필을 받아 은을 정벌했다. 주는 패전하고 주옥을 입은 채로 불길에 뛰어들어 자살하고 상 왕조는 망했다.

"한 집안이 어질면 온 나라가 어질어지려 분발하고, 한 집안이 겸양하면 온 나라가 겸양하려 분발한다"는 말은 한 집안이 어질거나 겸양한다고 해서 온 나라가 하루아침에 당장 어질어지거나 겸양한다는 엉뚱한 논리가 아니다. 그만큼 동기가 중요하다는 말이다. 그렇게 지극히 사소한 동기에서 그러한 커다란 결과가 온다는 의미이다. 여기서 '한 집안'은 물론 왕실을 가리키는 것으로 나라 전체에 미치는 왕실의 영향이 큼을 말한 것이지만, 왕실을 떠나서 말 그대로 한 집안으로 볼 수도 있겠다. 한 집안은 한 나라에 대해서 하나 하나 주요한 동기처動機處로 존재한다.

동기란 주희의 말대로 발동이 말미암는 것發動所由이다. 한 집안은 그 한 집안에만 머무는 것이 아니고 나라 전체에 어떤 영향을 불러 올 수 있는 동기가 비롯되는 곳으로서, 그 한 집안 한 집안이 '인'과 '양讓'을 하려고 분발하는지 안 하는지는 곧 나라 전체로 연결되는 것이다. 다스림을 받는 위치에 있는 한 집안이 차지하는 위치도 이렇게 중요하고 보면 위에 군림한 왕실이야 더 말할 필요도 없다.

"한 사람이 탐욕스럽고 이치를 거스르면 온 나라가 패란悖亂을 일으킨다"는 말은 군주가 덕이 없으면 결국 국가가 혼란해진다는 뜻이요, "한 마디 말이 일을 뒤엎고, 한 사람이 나라를 안정시킨다"는 것은 전해 오는 격언으로 보이고, 역시 군림한 자의 덕을 강조하는 뜻이다.

"요와 순이 인애仁愛로 천하를 거느림에 온 백성이 거기에 따라 했고, 걸과 주가 포악함으로 천하를 거느림에 온 백성이 거기에 따라 했다"는 말은 요·순·걸·주에 대한 앞의 설명으로 납득될 것이다. 이것이 '위에서 하는 것을 아래에서 본받음上行下效'이다. 윗물이 맑아야 아랫물이 맑다는 속담도 이 뜻이다.

윗사람이 하는 것을 아랫사람이 본받는 것은 율령으로 강제한다고 되는 것이 아니다. 민중은 항상 위정자의 실제 행위를 보고 있다. 그래서 그들이 내리는 명령이 그들이 실제 즐겨 하는 것과 상반되면 민중은 따르지 않는 법이다. 위정자 자신이 잔인하고 횡포한 짓을 즐겨 하면서 민중에게 아무리 '인애'의 일을 하라고 명령해도 그런 모순된 율령에는 따르지 않는다. 율령 이전에 율령을 내리는 자의 행위를 더 중시하기 때문이다. 그래서 군자는 자신에게 선한 것이 있고 난 뒤에야 남에게도 선한 것이 있기를 촉구하며, 자신에게 악한 것이 없고 난 뒤에야 남에게 악한 것이 있음을 나무라고 그것을 교정해 줄 수 있으니, 이런 것이 바로 '서恕의 도리'이다.

'서'는 '자신의 경우를 미루어 남에게 미치게 함推己及人'이다. 세속적인 의미의 용서의 뜻도 여기에서 나왔지만 '서'는 그렇게 단순한 내용으로 받아들여질 성질은 아니다. '서恕'라는 글자의 본뜻은 '여심如心'이다. 자신을 다루는 마음과 '같은 마음'으로 남을 다루며, 자신을 사랑하는 마음과 '같은 마음'으로 남을 사랑하라는 뜻이다.

이 '서'의 사상은 공자 혹은 유교 사상에서도 주요한 내용이다. 공자가 증자에게 전한 '하나로 꿰뚫는一以貫之 나의 도吾道'를 증자는 '충서忠恕'로 받아들였다. 뿐만 아니라 공자는 평생을 두고 행할 만한 도로서 '서'를 말한 적이 있다. "자신이 원하지 않는 것을 남에게도 베풀지 말라己所不欲, 勿施於人"는 소극적인 면에서 "자신이 서려고 하는 데에 남도 세울 것이요, 자신이 이르려고 하는 데에 남도 이르게 할 것이다己欲立而立人, 己欲達而達人"라는 적극적인 면에 이르기까지 '서'의 내용은 무척 깊고 넓은 것이다.

위에 인용한 구절은 공자가 말한 것으로『논어』에 나오는 것이기는 하나 여기『대학』의 '신민'도 바로 '서'의 실현으로 받아들일 수 있다. 따라서 '서'는 '명명덕'의 바탕 위에서 가능하며, 그 '서'에 바탕해야 남을 깨우쳐 갈 수 있다고 했다. 즉 "제 몸에 간직한 것이 '서恕'가 아니고서야 능히 남을 깨우칠 수 있는 사람은 결코 있지 않다"고 했다.

"그러므로 나라를 다스림이 그 집안을 다스림에 달렸다"는 말은 앞 장의 내용까지 아울러서 지은 결론이다.

17

집안을 바로잡아 나라를 다스림 · 3

『시』에서 읊었다.

앳되고 고운 복사나무
그 이파리 짙푸르네.
이 아가씨 시집가는구나야
그 집안 사람 화목케 하리.

그 집안을 화목하게 할 수 있고 난 뒤에야 비로소 나라 사람
들을 교화시킬 수 있으리라.
『시』에서 읊었다.

형과 화목하며

아우와 화목하는도다.

　형과 화목하며 아우와 화목할 수 있고 난 뒤에야 나라 사람
들을 교화할 수 있으리라.

『시』에서 읊었다.

　그 의범儀範 어긋나지 않아

사방 인민 바르게 하리로다.

　그 아비와 아들, 형과 아우가 넉넉히 본받을 만한 뒤라야
백성들이 그를 본받게 되리라.

　이것을 말해서 나라를 다스림이 그 집안을 바로잡음에 달렸
다고 한다.

詩云, "桃之夭夭여 其葉蓁蓁이로다 之子于歸여 宜其家人이라" 하니 宜
其家人而后에 可以教國人한다. 詩云 "宜兄宜弟라" 하니 宜兄宜弟而后
에 可以教國人한다. 詩云 "其儀不忒이라 正是四國이라" 하니 其爲父子
兄弟足法而后에 民法之也한다. 此謂之治國在齊其家이다.

㊤ •詩(시) : 첫 번째 시는 『시경』 「주남周南·도요桃夭」 제3장. 두 번

째 시는 「소아·요소蓼蕭」 제3장 제5구. 세 번째 시는 「조풍曹風·시구鳲鳩」 제3장 마지막 2구. ▪夭夭(요요) : 앳되고 고운 모양. ▪蓁蓁(진진) : 아름답고 무성한 모양. ▪之子(지자) : 시자是子와 같은 말로 이 사람이란 뜻. 여기선 시집가는 아가씨를 가리킴. ▪于歸(우귀) : 신부가 시집을 가는 것. ▪忒(특) : 어긋나다.

뜻풀이

첫 번째 시는 복사꽃 피는 봄을 맞아 시집가는 새색시를 축하하여 노래한 시다. 둘째의 시는 제후들이 천자에게 조알朝謁하매 천자가 잔치를 열고 은혜를 베풀며 노래한 시로, 제후들이 형제간에 반목·시기한 적이 많았는데 이제 모인 제후들이 능히 아우로선 형과 화목하며 형으로선 아우와 화목하기 때문에 천자가 이를 찬미하면서 아울러 은근히 경계한 내용이다. 셋째의 시는 항시 떳떳한 법도에 어긋나지 않아 국민들에게 모범이 되는 어느 재위자在位者를 칭송한 것이다.

　인용된 시들은 모두 앞 두 장에서 말한 '제가치국'의 내용을 반복·영탄한 것으로, 한결 강조하기 위해서이다. 이런 체계적인 이론 내용을 시를 섞어 보강한다는 것은 언뜻 마땅하지 않은 듯하지만 그것은 이론을 단순한 이론만으로 간주하지 않고 일종의 감흥으로 받아들이고 처리하는 고인들의 실질적인 태도를 보여준다. 뿐만 아니라 그 이론이 얼마나 실제 몸으로 겪고 있는 생활 그 속에서 우러나왔으며, 또 얼마나 그 실제의 생활 속으로 절실하게 융화되어 가려는 의욕인가를 말해 준다.

시는 생활의 체계적인 정리 이전에 생명적인 표현이기 때문이다. 그러나 시를 인용한 더 큰 이유는 시를 대하는 공자 이하 과거 유자들의 태도가 예술적인 의미보다 정치·교화의 의미에 더 무거운 가치를 둔 결과임은 사실이다.

18

나라를 다스려 천하를 화평하게 함 治國平天下

천하를 화평하게 함이 그 나라를 다스림에 달렸다는 것은 윗자리에 있는 이들이 늙은이를 늙은이로 섬기면 국민들이 분발하여 효도하고, 윗자리에 있는 이들이 어른을 어른으로 받들면 국민들이 분발하여 공경하며, 윗자리에 있는 이들이 외로운 이들을 불쌍히 여겨 잘 돌보면 국민들도 그들을 저버리지 않는다. 이러므로 군자는 내 마음을 잣대로 삼아 남의 마음을 헤아리는 혈구지도絜矩之道를 지닌다.

所謂平天下가 在治其國者는 上老老하매 而民興孝하며 上長長하매 而民興弟하며 上恤孤하매 而民不倍이다. 是以로 君子는 有絜矩之道也 한다.

㊀ ・老老(노노) : 앞의 '노老'는 동사로 늙은이를 섬긴다는 뜻, 뒤의 '노老'는 늙은이란 명사. 주희는 '나의 늙으신 이를 늙으신 이로 받들다老吾老'로 풀이했다. ・長長(장장) : 앞의 '장長'은 어른으로 받들다는 뜻의 동사, 뒤의 '장長'은 명사로 어른・연장자의 뜻. ・弟(제) : 제悌와 같다. 공경하다. ・孤(고) : 아비 없는 어린이. ・倍(배) : '배背'와 같은 뜻. 저버리다・배반하다. ・絜矩(혈구) : 정현은 '혈絜'은 결結・설挈로, '구矩'는 법이라 하여 혈구지도를 설법지도挈法之道로 보고서 '굳게 지켜 행하여 동작함에 (법을) 잃지 않음'을 말한다고 했다. 공영달도 이에 따랐다. 주희는 '혈絜'은 헤아린다는 뜻의 탁도度度으로, '구矩'는 네모난 것을 만들기 위한 자曲尺로 보아 '혈구지도'를 비유의 말로 받아들였다. 주희의 견해를 취한다.

뜻풀이

늙은이를 늙은이로 섬김은 '효'요, 어른을 어른으로 받듦은 '제'요, 외로운 이들을 불쌍히 여겨 잘 보살핌은 '자'이다. 윗자리에 있는 이들이 '효'・'제'・'자'의 도리를 실천해 보이면 백성들도 여기에 감화되어 분발한다는 뜻이다. 이 장에 전제된 근본 의의는 앞 '제가치국' 장에서 말한 '윗사람이 실행하면 아랫사람이 본받음'과 같다고 할 수 있다.

위의 세 가지 도는 '인도'의 큰 가닥으로서 천하 사람들의 마음에 똑같이 주어져 있다. 따라서 집・나라・천하가 비록 규모는 다르지만 근거하는 근본적인 도는 동떨어진 별개가 아니라 위의 큰 가닥에서 벗어나지 않는다는 것이다. 그리고는 사람의 마음은 근본에서 서로 다를 게 없다는 데 근거하여 '혈구지도絜矩之道'를 제시했다.

주희의 설을 따르면 '혈絜'은 '헤아리다'는 뜻이요, '구矩'는 네모 난 물건을 만들 때 쓰는 곱자曲尺다. 『순자荀子』에 "다섯 치 짜리 곱자로 천하의 네모난 것을 다한다"고 했다. 여기서 '혈구지도'는 자신의 마음을 잣대로 삼아 남의 마음을 헤아린다는 비유로 쓰였다. 자신의 마음을 가지고서 남의 마음을 헤아려 가면 그가 바라는 것과 꺼리는 것을 이해하지 못할 사람이 없다. 그것은 마치 곱자를 가지고 모난 것을 재거나 마르면 천하에 재어지지 않거나 마르지 못할 것이 없는 것과 같다는 말이다. '혈구지도'에 대해서는 다음 장에서 따로 설명하겠지만, 이는 '서恕'의 의미와 같은 것이라 하겠다.

그렇다면 '효'·'제'·'자'를 윗사람이 실행하면 아랫사람이 본받는다는 것과 '혈구지도'는 어떻게 관계되는가? 『주자어류朱子語類·대학』에서 주희 자신의 해명을 인용해 본다.

"앞에서는 상행하효上行下效를 설명했고 '혈구'에 와서는 정사에 관련시켜 말했다. 착한 마음善心을 불러일으키기만 하고 그 마음을 실천할 수 있게 해주지 못하면 비록 착한 마음이 일어날 수 있다 해도 헛될 뿐이다. 가령 정치가 번잡하고 세금이 무거워서 부모를 봉양하고 처자를 돌볼 수 없다면 어떻게 그 착한 마음

을 실천할 수 있겠는가? 모름지기 자신의 마음을 미루어 저들|백성|에게 미치게 하여 저들이 우러러선 부모를 섬기기에 넉넉하고 굽어선 처자를 돌보기에 충분하게 해주어야 목적을 달성할 것이다. 사람들을 감화시켜 분발할 수 있게 하는 것은 성인의 교화이고, 그 분발한 마음을 행동으로 옮길 수 있게 하는 것은 성인의 정사이다.

구矩는 마음이다. 내 마음이 하고자 하는 것은 바로 다른 사람이 하고자 하는 것이다. 내가 '효'・'제'・'자'를 하고 싶으면 반드시 다른 사람들도 다 나와 똑같이 '효'・'제'・'자'를 할 수 있게 해주어서, 제 하고 싶은 것을 이루지 못하는 사람이 한 사람도 없게 해야만 비로소 되었다고 할 수 있다. 나 혼자만 할 수 있고 다른 사람은 할 수 없으면, 이것이 바로 불평不平이다."

요컨대 '혈구지도'는 백성들에게 '효'・'제'・'자'를 할 마음이 일어나게 한 뒤에 그 일어난 마음을 실제로 실행할 수 있도록 베푸는 정사의 문제란 말이다. 정사의 문제라고 해서 무슨 구체적인 정책 방도를 의미하는 건 아니다. 그 이전의 근본적인, 정사에 임하는 마음의 자세를 두고 말한다. '치국・평천하'를 위한 근본적인 도인 이 '혈구지도'는 비단 정치에 관련된 문제만은 아니다. 주체와 객체의 관계를 전제로 하는 데에서 일어나는 모든 인간 행위에 보편적으로 적용되는 문제이니, 이 장의 중요한 의의는 비로소 '혈구지도'를 제시한 데 있다고 할 것이다.

19

나라를 다스려 천하를 화평하게 함·2

윗사람에게서 당하기 싫어하는 일로 아랫사람을 부리지 말
며, 아랫사람에게서 당하기 싫어하는 일로 윗사람을 섬기지 말
며, 앞사람에게서 당하기 싫어하는 일로 뒷사람을 앞서지 말
며, 뒷사람에게서 당하기 싫어하는 것으로 앞사람을 따르지 말
며, 오른쪽 사람에게서 당하기 싫어하는 것을 왼쪽 사람에게
건네지 말며, 왼쪽 사람에게서 당하기 싫어하는 것을 오른쪽
사람에게 건네지 말 일이니, 이런 것을 혈구지도라고 한다.

所惡於上으로 毋以使下하며 所惡於下로 毋以事上하며 所惡於前으로
毋以先後하며 所惡於後로 毋以從前하며 所惡於右로 毋以交於左하며
所惡於左로 毋以交於右하니, 此之謂絜矩之道也이다.

뜻풀이

이 장은 '혈구지도'를 설명한 것이다. 윗사람이 내게 무례하게 대하기를 바라지 않는다면 반드시 나의 이런 마음으로 아랫사람의 마음을 헤아려 그들을 무례하게 부리지 말 일이요, 아랫사람이 내게 불충하게 대하기를 원하지 않는다면 나 또한 반드시 이런 마음으로 윗사람의 마음을 헤아려서 마찬가지로 불충하게 섬기지 말 일이다. 자기를 중심으로 한 전·후·좌·우에 이르기까지 모든 사람에게 다 이와 같이 해 나간다면 천하는 균형과 조화 위에 화평하게 되리란 뜻이다. 특히 위정자가 이런 마음가짐으로 백성을 다스리는 것은 '치국·평천하'의 요도要道라는 것이다.

결국 '혈구지도'는 『논어』의 "자기가 원하지 않는 것을 남에게도 베풀지 말라己所不欲, 勿施於人", "남이 내게 하기를 바라지 않는 것은 나도 남에게 하고 싶지 않다我不欲人之加諸我也, 我亦欲無加諸人", 『중용』의 "충과 서는 도에서 멀지 않나니 남이 나에게 하기를 바라지 않는 것을 나 또한 남에게 하지 말라忠恕違道不遠, 施諸己而不願, 亦勿施於人"와 같은 소극적 방면에서부터 역시 『중용』의 "아들에게 어버이 잘 섬기기를 바라는 마음으로 어버이를 섬기고, 신하|아랫사람|에게 임금|윗사람| 잘 섬기기를 바라는 마음으로 임금을 섬기고, 아우|연소자|에게 형|연장자| 공경하기를 바라는 마음으로 형을 받들고, 벗들이 내게 베풀기를 바라는 마음으로 먼저 베풀라所求乎子以事父, 所求乎臣而事君, 所求乎弟而事兄, 所求

平朋友先施之"는 것과 같은 적극적인 방면에까지 발전되는 추기탁인推己度人의 도로서, '서恕' 또는 '충서忠恕'와 같은 내용의 것임을 알 수 있다.

앞에서 '서'를 설명할 때에도 인격적인 바탕을 얘기한 적이 있지만 이 '혈구지도'를 지니게 되는 것도 '격물'·'치지'·'성의'·'정심'의 결과인 '수신'이 이룩되고서야, 달리 말하면 자신의 '명덕'이 밝혀지고서야 진실로 가능하게 되고, 그렇게 하여 체득된 '혈구지도'를 실현하는 데에서 '제가'와 '치국'·'평천하'의 목적은 달성된다.

20

나라를 다스려 천하를 화평하게 함·3

『시』에서 읊었다.

즐거울손 군자님이야
백성의 부모로다.

　민중이 좋아하는 것을 좋아하고, 민중이 싫어하는 것을 싫어하는 것, 이를 두고 백성의 부모라고 한다.

詩云 "樂只君子여 民之父母라" 하니 民之所好를 好之하며 民之所惡를
惡之함을 此之謂民之父母이다.

㊀ ·詩(시) :『시경』「소아·남산유대南山有臺」제3장 제3·4구. ·樂

只君子(낙지군자) : 도를 즐기는 군자라는 뜻. 只只는 어조사.

뜻풀이

인용된 시는 연향宴饗에 사용되던 음악으로 도를 즐겨 덕의 광채
가 빛나는 훌륭한 지도자들을 찬미한 것이다. 민중의 지도자는
'혈구지도'를 지녀서 스스로 싫어하고 좋아하는 것을 가지고 능히
민중이 싫어하고 좋아하는 것을 알고, 나아가 민중이 싫어하고
좋아하는 것은 자신도 좋아하고 싫어할 수 있어야 한다. 그리하
여 진정으로 민중이 좋아하는 것을 함께 좋아하여 힘껏 베풀어
줄 것이요, 그들이 싫어하는 것을 자기도 싫어하여 애써 베풀지
말아야 한다.

이는 마치 부모가 자기 자식을 사랑하듯이 민중을 사랑하는
것이니, 이런데 민중이 어찌 그 지도자를 부모처럼 알지 않겠느
냐는 뜻이다.

민중이 좋아하는 것과 싫어하는 것은 민중의 여론이다. 옛날
왕정에서도 통치자는 민중의 여론에 따라야 한다는, 오늘날 민주
주의에서 내세우는 것과 하등 다를 바 없는 근본정신을 여기에서
발견할 수 있다.

이 장뿐 아니라 뒤의 여러 곳에서도 현대의 민주주의에 조금도
뒤질 것 없는 정신을 제시하고 있다. 유교는 일찍부터 이런 민본
民本의 정신을 이상으로 안고 있었다. 그런데도 마침내는 민주주

의를 서구에서 수입해 오는 결과를 빚도록 동양 유교국이 지어
온 역사의 커다란 과오는 그 우수한 정신에 보다 충실한 제도를
구현하지 못한 데에 있다고 하겠다.

21

나라를 다스려 천하를 화평하게 함·4

『시』에서 읊었다.

우뚝 솟은 저 남산이여
바윗돌 울멍줄멍 쌓여 있구나!
으리으리한 태사 윤씨여
백성들 모두 그대를 쳐다보오.

국가를 맡은 자, 신중하지 않을 수 없나니 한쪽으로 치우치면 천하 사람들에게 주륙의 표적이 된다.

詩云 "節彼南山이여 維石巖巖이로다 赫赫師尹이여 民具爾瞻이라" 하

니 有國者는 不可以不愼이니 辟則爲天下僇矣리라!

㈜ •詩(시) : 『시경』「소아·절남산節南山」제1장 제1구. •節(절) : 주희의 주에 '깎아지른 듯하게 높고 큰 모양截然高大貌'이라 했다. •南山(남산) : 주周나라 수도 호경鎬京의 남산, 즉 종남산終南山을 말함. •維石(유석) : 유維는 발어사發語辭. 항상 구의 처음에 놓인다. •巖巖 (암암) : 바윗돌이 울멍줄멍 쌓인 모양. •赫赫(혁혁) : 아주 성하게 드러난 모양. •師尹(사윤) : 태사太師 윤씨尹氏. 구설은 태사는 관명으로 삼공三公 중에 가장 높은 지위로, 윤씨는 그의 성으로 보았으나, 청淸 왕국유王國維 등 몇 학자는 태사와 윤씨 모두 관명으로 보았다. 일단 구설에 따른다. •具(구) : 俱와 같다. 모두·다함께. •爾(이) : 여 汝의 뜻. 너·그대. •辟(벽) : 벽僻과 같다. 편벽·편사偏私의 뜻. •僇 (륙) : 戮과 같다. 죽이다.

뜻풀이

「절남산節南山」은 주나라 유왕幽王 때의 대부인 가보家父가 지었 다고 한다. 당시 국권을 장악하고 국가를 위태로운 지경으로 몰 아넣은 태사太師 윤씨尹氏를 질타함으로써 그에게 국정을 맡긴 왕을 은근히 원망하는 시라고 한다. 모두 10장으로 되어 있으며, 태사 윤씨의 불선한 짓이 나라를 결딴나게 한 것, 마음가짐이 공 평하지 못해 하늘의 변고와 백성의 분노를 초래한 점, 책임의 무 거움, 행정·용인用人의 잘못|자신의 측근을 고관으로 등용하여 국정

을 처리했다고 함|, 그가 준엄한 벌을 피해 달아나려 해도 갈 곳이 없다는 점, 소인들이 못된 짓을 하는 것이 모두 그에게서 근원함 등을 지적하여 경고하고 있다.

인용된 부분에서 바윗돌이 울멍줄멍 쌓여 있는 우뚝 솟은 남산은 으리으리하게 높은 벼슬자리에 있는 태사 윤씨를 비유한다. 우뚝 솟은 남산이 수도의 백성이 아침저녁으로 바라보는 것이듯이 으리으리한 태사 윤씨는 백성이 항시 쳐다보는 대상이라는 것이다. 따라서 민중이 일제히 주시하는 높은 지위에서 국정을 맡은 자는 천하의 공정한 도리|혈구지도|에 입각하여 모든 일을 신중히 다루어 가야 한다. 만약 그러지 못하고 제 홀로 좋아하는 것에 치우쳐서 민중과 호오好惡를 같이하지 않고 제 마음대로 함부로 군다면, 바꾸어 말해서 '혈구지도'를 행하지 않는다면 마침내 천하 백성들의 주륙의 대상이 된다는 것이다.

이런 것을 보면 동양 유교 국가에서 일찍이 진정한 민중혁명이 가능했을 법도 하다. 그러나 유교의 이러한 사고는 원체 군·신·민으로 고정된 질서관 위에서 제기된 것이기 때문에 민중혁명의 모티브가 될 법한 것들은 결국 반정反正 또는 역성혁명易姓革命의 계기로 이용되어 왔을 뿐이다.

22

나라를 다스려 천하를 화평하게 함 · 5

『시』에서 읊었다.

은나라가 민중을 잃지 않았을 적엔
상제에게 능히 응대할 수 있었더니,
모름지기 은을 거울삼아 볼지어다
대명을 보존해 감이 쉽지 않나니.

　민중을 얻으면 나라를 얻게 되고, 민중을 잃으면 나라를 잃
게 됨을 말한 것이다.

詩云 "殷之未喪師에 克配上帝하더니 儀監于殷이어다 峻命不易이라"

하니 道得衆則得國하고 失衆則失國한다.

㊟ •詩(시) :『시경』「대아·문왕」제6장 끝 4구.『시경』에는 원문의
儀가 의宜로, 준峻은 준駿으로 되어 있다. 앞 두 자는 의宜의 뜻, 뒤의
두 자는 '크다'는 뜻이 있으므로 어느 글자를 따르든 차이가 없다. •喪
(상) : 실失의 뜻. 잃다. •師(사) : 중衆의 뜻. 무리. •道(도) : 이르
다·말하다의 뜻으로 쓰였다.

뜻풀이

앞에서도 말했지만 '천명'은 결국 민심의 동향을 뜻한다. 따라서
민심이 쏠리는 곳이 천명이 있는 곳이다. 그래서 "은나라가 민중
의 마음을 잃지 않았을 적엔 상제에게 능히 응대할 수 있었다"고
한 것이다.

상제에게 응대한다는 것은 바로 천명을 받아 천하의 주인으로
군림한다는 뜻이다. 천명을 받는 것은 바로 민중의 마음을 얻는
다는 의미가 된다. 따라서 은殷이 천명, 즉 대명大命을 잃은 것은
민심을 아주 잃은 것을 뜻하는데, 그것은 주왕紂王 때의 일이다.
이 시의 의미는 결국 "민중의 마음을 얻으면 나라를 얻게 되고,
민중의 마음을 잃으면 나라를 잃게 된다"는 말이다. 이것은 오늘
날 국민의 지지를 받으면 정권을 얻게 되고, 국민의 지지를 받지
못하면 정권을 잃게 된다는 것과 근본 생각에서는 하등 다를 게
없다.

앞에서도 말했지만 이러한 사상을 체제화하여 적극적으로 실현할 방법을 찾지 못하고 단지 천명으로만 대변하게 해 버린 것은 인지人智의 시대적 한계라 하겠다.

23

나라를 다스려 천하를 화평하게 함 · 6

그러하기 때문에 다스리는 지위에 있는 이들은 먼저 덕을 삼가히 지켜야 하나니, 덕이 있으면 인민이 있게 되고, 인민이 있으면 국토가 있게 되고, 국토가 있으면 재화가 있게 되고, 재화가 있으면 용도는 나선다. 덕은 근본이요 재財는 말단이다. 근본을 경시하고 말단을 중시하면 백성이 서로 다투게 만들고 빼앗는 악풍을 퍼뜨리게 된다. 따라서 재화가 모이면 민심은 흩어지고, 재화가 흩어지면 민심은 모인다. 그러므로 패역悖逆하게 나간 말은 패역한 말로 돌아오고, 패역하게 들어온 재화는 역시 패역하게 나간다.

是故로 君子는 先愼乎德하니 有德하면 此有人하고 有人하면 此有土하

고 有土하면 此有財하고 有財하면 此有用한다. 德者는 本也요 財者는
末也이니 外本內末하면 爭民施奪한다. 是故로 財聚則民散하고 財散
則民聚한다. 是故로 言悖而出者는 亦悖而入하고 貨悖而入者는 亦悖
而出한다.

㊐ • 外(외) : 소원疏遠 • 경시輕視의 뜻. • 內(내) : 친근 • 중시重視의
뜻. • 悖(패) : 역逆의 뜻. 도리를 어기고 순리를 거스른다는 말.

뜻풀이

앞에서 민중의 마음을 얻으면 나라를 얻게 되고, 민중의 마음을
잃으면 나라를 잃게 된다고 했다. 그렇다면 민중의 마음은 어떻
게 하여 얻는가? 그것은 자신의 덕을 닦음으로써만 가능하다고
했다. 그렇기 때문에 "다스리는 지위에 있는 이들은 먼저 덕을
삼가히 지켜야 한다"고 했다.

덕은 '명덕'이요, 격格 • 치致 • 성誠 • 정正 • 수修가 덕을 닦는
길이다. 나라를 얻는 길은 민심을 얻는 데 있고, 민심을 얻는 길
은 자신의 덕을 닦는 데 있으니, 우선 스스로 덕을 닦는 것이 근
본이요 급선무다.

자신의 덕이 닦이고 나서 덕화로 민중 앞에 서면 모두 마음으
로 승복해 오게 되므로 이에 민중이 있게 되는 것이다. 인민이
마음으로 승복하면 국토는 저절로 딸려 오게 마련이니 이에 국토
가 있게 되고, 국토가 있으면 위정자에게 필요한 재화는 저절로

있게 되고, 재화가 있으면 용도는 저절로 나선다. 때문에 '치국'에 있어 마땅히 근본을 덕에 두고 덕을 중시해야 할 일이요, 재화는 말단으로 여겨 가벼이 보아도 좋을 성질의 것이라 했다.

재화가 없어서 안 될 것이기는 하지만 덕과 견주어 본말을 따지면 말단이요 비중을 헤아리면 가볍다는 말이다. 만약 본말을 뒤바꾸어 덕을 가볍게 여겨 소외시키고, 재화를 중시하여 안으로 끌어들이면 백성은 다투어 이익에 탐닉하여 서로 빼앗는 악풍을 퍼뜨리게 된다는 것이다.

'재'를 갖고자 하는 것은 모든 사람에게 공통된 욕구인데 만약 치자 자신이 능히 '혈구絜矩'하여 알맞게 취하지 못하고 솔선하여 자신들의 곳간을 채우기에 급급하고, 이익에 눈이 멀어 마구 긁어 들이기만 한다면 민중 또한 오로지 재리財利에만 눈을 돌려 서로 뺏고 빼앗기에 편안한 날이 없게 될 것이다. 그리하여 맹자가 말한 대로 "위아래가 서로 이익만 취함上下交征利"의 상황을 빚어내는 결과가 될 것이란 말이다. 따라서 "재화가 모이면 민심은 흩어지고, 재화가 흩어지면 민심은 모인다"고 했다.

다시 말하면 '혈구지도絜矩之道'를 발휘하지 못하여 백성들에게서 취하는 데에 절제를 두지 않기 때문에 곳간에 재화가 모여 쌓이는 것과 비례하여 민심은 흩어져 가고, 반대로 '혈구지도'를 실현하여 정당하게 취할 것만 취해 오면 비록 곳간에 재화는 쌓이지 않더라도 민심은 모여든다는 것이다. '재화가 흩어진다'는 것은 반드시 곳간의 재화를 백성들에게 나누어주는 것만을 의미하지는 않는다.

이어서 "패역하게 나간 말은 패역한 말로 돌아오고, 패역하게 들어온 재화는 역시 패역하게 나간다"고 했다. '패역하게 나간 말' 운운한 것은 여기선 별 중요한 의미는 없다. 핵심은 '패역하게 들어온 재화'이다. '패역하게 들어온 재화'란 민심이 흩어지도록 가렴주구하여 들어온 재화이다. 민심이 흩어진다는 것은 국가가 혼란하고 위태로운 지경에 가까워 감을 의미한다. 혼란과 위태로움이 극에 달하면 파멸이 오고, 파멸이 오는 판국에 역리로 들어온 재물이 순리로 나갈 리 없다.

예나 지금이나 민중에게 너무 무거운 세금을 거두고, 또 그 조세가 정당하게 쓰이지 않는 것은 국가의 멸망을 재촉하는 가장 큰 우환이다. 세도 정치 아래서 삼정三政이 문란해지고 각지에서 백성들의 소요가 있었던 조선 말기를 생각해 보면 이 장의 요지는 쉽게 이해될 것이다.

24

나라를 다스려 천하를 화평하게 함 · 7

「강고」에 "천명은 한 군데에 붙박여 변치 않는 것이 아니다" 고 했다. 선하면 천명을 얻고 불선하면 잃게 됨을 말한 것이다.

「초서」에 "초나라에는 보배라 할 게 없고, 오직 어진 이들을 보배로 삼는다"고 했다.

구범은 "망명 중인 사람은 보배로 여길 것이 달리 없고, 어버이 사랑함을 보배로 삼는다"고 했다.

康誥에 曰 "惟命은 不于常하다" 하니 道善則得之하고 不善則失之矣한 다. 楚書에 曰 "楚國엔 無以爲寶요 惟善을 以爲寶한다" 하다. 舅犯이 曰 "亡人은 無以爲寶요 仁親以爲寶한다" 하다.

㊂ ・命(명) : 천명. ・楚書(초서) :『국어』「초어」를 가리킴. ・亡人 (망인) : 망명자. 여기의 '망인'은 망명 시절의 진晉 문공文公을 가리킴. ・仁親(인친) : 정현은 '친애지도親愛之道'와 같은 말이라 해석했고, 공 영달도 이에 따랐으나 주희는 인仁을 애愛로 보았다. 주희에 따르면 이 말은 애친愛親, 곧 '어버이 사랑함'이 된다.

뜻풀이

민심이 돌아오면 천명도 돌아오고, 민심이 떠나면 천명도 떠난 다. 그래서 "천명은 한군데 붙박여 변치 않는 것이 아니다"고 했 다. 말하자면 어느 한 성姓에게 한번 천명이 주어졌다고 해서 어 떤 불선을 해도 언제까지나 그곳에 머물러 있는 것이 아니라는 말이다. 불선한 정치 아래에선 민심이 떠나 버리기 때문이다. 앞 22장의 시에서 "대명을 보존해 감이 쉽지 않나니"라고 말한 까닭 도 여기에 있다.

천명을 얻고 잃음은 민심을 얻고 잃음에 달렸고, 민심을 얻고 잃는 관건은 치자의 선·불선에 달렸기 때문에 "선하면 천명을 얻고 불선하면 천명을 잃게 되는" 것이다. 선은 덕을 근본으로 삼아 중시하고서야 가능한 것이요, 불선은 덕을 말단으로 돌려 경시함에서 오는 것이다. 『상서』「강고」의 글을 인용한 것도 역 시 덕을 강조하기 위해서다.

『국어』「초어」에서 인용한 다음 구절은 초楚 소왕昭王 때의 사실이다. 초의 대부 왕손어王孫圉가 진晉에 사신갔을 때 조간자趙簡子가 "초의 백형白珩|패옥의 일종|이 아직 있소? 그건 얼마나 오래 된 것이오?" 하고 물었다. 이에 대해 왕손어는 다음과 같이 대답했다.

"백형은 보배랄 것도 없습니다. 초나라가 보배로 여기는 것은 다른 것들입니다. 관역보觀射父는 훈사訓辭를 잘 지어서 그것으로 제후들을 상대하여 우리 임금을 구실 삼아 말썽이 일어나는 일이 없도록 하고, 좌사左史 의상倚相은 선왕의 전적에 밝기 때문에 아침저녁으로 온갖 사실을 서술하여 우리 임금께 잘했던 점과 잘못하여 실패한 점을 아룀으로써 우리 임금이 선왕들의 공적을 잊지 않도록 하고 있소. 그래서 우리 임금님은 곧잘 제후들 사이에서 허물을 면할 수 있고 나라와 백성은 잘 보존된다오. 이들이 초나라의 보배들이오. 백형 같은 것이야 그저 선왕들이 아끼던 노리개 정도일 뿐 뭐 보배랄 게 있겠소?"

또 『신서』에도 이에 해당할 만한 사실이 기록되어 있는데, 「초어」의 내용과는 조금 다르다.

진秦나라가 초나라를 정벌할 심산으로 사자를 보내 초나라의 보기寶器를 살피고 오게 했다. 초왕이 소해휼昭奚恤을 불러서 이 일에 대해 물으니 소해휼은 "보기는 훌륭한 신하에 있습니다" 하고는, 서문 안에 동쪽을 향해 하나, 남쪽을 향해 넷, 서쪽을 향해 하나의 단을 만들었다. 진의 사자가 도착하자 소해휼은 동쪽을 향한 가장 높은 단에 사자를 앉히고, 남쪽을 향한 네 개의 단에는 영윤자서令尹子西, 대종자오大宗子敖, 섭공자고葉公子高, 사마자기 司馬子期를 차례로 앉힌 다음 자신은 서쪽을 향한 단에 앉았다. 그러고는 진의 사자에게 말했다.

"손님께서는 초나라의 보기를 보러 오셨지요? 초나라가 보배로 여기는 것은 여기 계신 현신들이외다. 어떻게 보실지는 대국에서 판단하실 일입니다."

그 말에 진의 사자는 아무 대꾸도 하지 못했다. 그러고는 돌아가 진의 임금에게 "초나라에는 현신이 많으므로 정벌하지 못하겠더이다"라고 했다는 것이다.

여기 『대학』에 인용된 것이 위의 두 기사 중 어디에 속할지는 단정을 내리기 어렵다. 『예기주소禮記注疏』에는 두 사실을 다 기록해 두었고, 『대학장구』에서는 「초어」에 나오는 왕손어의 사실로 기록했는데, 이는 사실 어느 편에 속해도 좋은 것이다. 보배로 삼는 어진 이란 물론 덕을 지닌 사람을 말한다. 보기인 재화와 어진 이의 덕 중에서 덕을 중시한 사실을 말한 것이다.

구범舅犯은 춘추 시대 진晉나라 사람 호언狐偃이다. 자가 자범 子犯인데, 진 문공 중이重耳의 외숙이었으므로 자 앞에 '구舅'를 붙여 '구범'이라고 했다. 중이는 진 헌공獻公의 둘째아들이다. 헌공은 여융驪戎을 정벌하고 그 전쟁에서 여희驪姬라는 여인을 얻어 돌아와 부인으로 맞았다. 그가 두 아들 해제奚齊와 탁卓을 낳고는 자기 아들을 진후晉侯로 세울 요량으로 태자 신생申生을 모함하여 죽게 하고, 자기가 낳은 해제를 태자로 세웠다. 거기에 그치지 않고 다른 공자들까지 제거하려 하자 중이는 적狄으로 망명했다. 이때 호언이 그의 형 호모狐毛와 함께 19년을 따르며 받들었다. 중이는 나중에 진秦 목공穆公의 힘을 입어 본국으로 돌아가 진후晉侯가 되었다. 그는 호언을 대부로 삼아 국정을 오로지 맡겼고, 호언은 문공인 중이를 도와 마침내 패업을 이룩했다.

여기 인용된 말은 그가 중이와 함께 적에 망명하고 있을 때에 한 말이다. 당시 본국에서 중이의 아버지 헌공이 죽자 진 목공이 사람을 보내 공자 중이를 조문하고 이 기회를 놓치지 말고 본국으로 돌아가 일을 도모하여 제후의 자리를 차지하라고 권하였다. 이에 대해 호언은 여기 이 말로 중이를 타일렀다.

『예기』「단궁檀弓」에 아래와 같은 기록이 있다.

"진晉 헌공이 죽자 진秦 목공이 사람을 보내 공자 중이를 조문하고 말했다. '과인은 들으니 나라를 잃는 것도 항상 이러한 즈음이요, 나라를 얻는 것도 항상 이러한 즈음이라고 합니다. 비록 당신이 엄연히 아버지의 상중에 계시긴 하지만 상은 또 오래 가는 것도 아니요, 기회는 역시 놓치지 못할 것이오니 유자孺子|아비의 뒤를 잇는 적장자|는 도모하시오.' 이 말을 구범에게 전하자

구범은 '유자는 그리 마십시오. 망명 중에 있는 사람은 보배로 여길 것이 달리 없고, 어버이 사랑함을 보배로 삼을 일이요……' 라고 했다."

말하자면 아버지의 상을 당해서 어버이 사랑하는 도리를 다하는 덕이 우선 중요하다는 것이다.

역시 덕이 근본임을 강조한 것이다.

25

나라를 다스려 천하를 화평하게 함·8

「진서」에 "만약 한 신하가 꿋꿋하게 성실하기만 하고 다른 재능은 없는 듯하나 그 마음은 너그러워 남을 포용할 도량이 있어서, 남이 재능 가진 것을 마치 제 자신이 가진 듯이 여기며, 남이 뛰어나게 어짊을 그 마음으로 좋아함이 입으로 칭찬하는 정도 그 이상이면, 진실로 남을 포용할 수 있는 이로서 능히 우리 자손과 백성을 편안히 지킬 수 있으리니 역시 나라를 이롭게 한다. 남이 재능 가진 것을 투기하여 증오하며, 남이 뛰어나게 어짊을 꺼려서 통하지 못하게 하면, 진실로 남을 포용할 수 없는 이라서 우리 자손과 백성을 편안히 지킬 수 없으리니 역시 위태하다 하겠다"고 했다.

오직 인인仁人이라야만 이런 사악한 자를 몰아내어 사방 야

만족 속으로 축출시키고 함께 중국에서 살지 못하게 할 수 있는 것이다. 이를 두고 "오직 인인만이 사람을 사랑할 수 있고, 사람을 미워할 수 있다"고 하는 것이다.

秦誓에 曰 "若有一介臣이 斷斷兮요 無他技나 其心이 休休焉하니 其如有容焉하여 人之有技를 若己有之하며 人之彦聖을 其心好之가 不啻若自其口出이면 寔能容之하여 以能保我子孫黎民하리니 尙亦有利哉하리라. 人之有技를 媢疾以惡之하며 人之彦聖을 而違之하여 俾不通하면 寔不能容하여 以不能保我子孫黎民하리니 亦曰殆哉리라" 唯仁人이라야 放流之하여 迸諸四夷하여 不與同中國하니 此謂唯仁人이라야 爲能愛人하며 能惡人한다.

㊟ ・秦誓(진서) : 『상서』「주서」의 한 편. ・斷斷兮(단단혜) : 한결같이 성실하기만 한 모양. ・休休(휴휴) : 너그러운 모양 ・彦聖(언성) : 언彦은 찬미하는 말, 성聖은 통명通明의 뜻. ・不啻(불시) : 부단不但・비단非但의 뜻. ・寔(식) : 실實과 같다. ・尙(상) : 서기庶幾의 뜻. ・媢嫉(모질) : 투기・질투의 뜻. ・殆(태) : 위危의 뜻. ・放流(방류) : 방放은 추방, 류流는 유배의 뜻. ・迸(병) : 축축逐과 같은 뜻. ・四夷(사이) : 한漢민족이 문화를 연 황하 유역 일대를 중국・중하・중원・중토中土라 하여 문화 지역임을 자부하고, 그 사방의 이민족은 동이東夷・서융西戎・남만南蠻・북적北狄이라 하여 오랑캐로 야만시했다. 이들 사방의 이민족을 뭉뚱그려 '사이'라고 불렀다.

뜻풀이

진秦나라 목공穆公이 백리해百里奚·건숙蹇叔의 충고를 듣지 않고 맹명孟明·서걸西乞 등을 보내 정鄭나라를 쳤다가 효殽라는 곳에서 진晉나라 양공襄公의 공격을 받아 참혹하게 패배했다. 목공이 두 사람의 말을 듣지 않은 걸 후회하여 서사誓詞를 지어 여러 신하들에게 고한 것이 「진서秦誓」이다. 여기 인용된 말은 『상서』에 실린 것과는 글자가 다른 부분이 있다. 그 내용은 대개 이러하다.

"가령 여기 한 신하가 있다고 하자. 그는 꿋꿋하게 성실하기만 하고 언뜻 보아 다른 특별한 재능은 없는 듯하다. 그러나 그 마음은 남을 포용하는 도량이 관대하기 한량없어 남에게 재능 있음을 보면 마치 제 자신이 지닌 것 같이 생각하고선 반드시 그 장점을 다 발휘하게 하고자 애쓰고, 또 다른 사람에게 뛰어나게 어진 덕이 있음을 보면 마음으로 좋아하기를 입으로 칭찬하는 정도 이상으로 끝없이 우러러보고 좋아한다면, 이런 사람이야말로 천하의 재능 있는 이와 덕 있는 선비를 능히 포용할 수 있는 사람이다. 이런 사람을 대신으로 삼으면 반드시 현인과 선류善類를 모아 훌륭히 우리의 후손과 백성들을 편히 보존하여 길이 태평을 누리게 하리라.

이와 반대로 전혀 꿋꿋한 성질도, 너그러운 도량도 없어서 남에게 재능 있음을 보면 저보다 나을까 두려워하여 문득 시기·혐오를 하고, 남에게 뛰어나게 어진 덕이 있음을 보면 조정에 같이 서게 될까 앙앙불락하여 배척·저지하여 임금이나 다른 조정 신료들에게 통하지 못하게 하는 자가 있다면 이러한 자는 천하의 재능 있는 이와 덕 있는 선비를 수용하지 못할 것이다. 만일 이런 자가 대신이 되면 현인·선류를 해치고 소인·불초자들을 모아 붕당을 이루어 반드시 종묘사직을 위태롭게 할 것이요 백성들을 도탄에 몰아넣고 말리라."

다음, 후자의 경우와 같은 사악한 자를 축출할 수 있는 사람은 오직 인인仁人이라고 했다. 전자의 경우는 좋아할 대상이고 후자의 경우는 미워할 대상이다. 이 좋아할 대상과 미워할 대상은 선과 악을 두고 말한다. 좋아할 만한 대상을 좋아하여 사심 없이 공정하게 처리할 수 있는 사람은 '인인'뿐이요, 또 그렇게 해야 '인인'이기도 하다. 그래서 오직 '인인'이라야 이런 사악한 자를 몰아내어 사방 야만족 속으로 쫓아 버리고 함께 중국에서 살지 못하게 할 수 있는 것이라 했다.

이런 사실을 두고서 오직 "'인인'만이 사람을 사랑할 수 있고 사람을 미워할 수 있다"고 하는 것이다. 다시 말하면 사심에 사로잡히지 않는 '인인'이고서야 진실로 공정하게 인간을 사랑하고 미워할 수 있다는 것이다. '인인'은 달리 말하면 '혈구지도絜矩之道'에 철저한 사람이다. '혈구지도'는 좋아하고 싫어함을 공정한 마음으로 분별하는 도리이기 때문이다.

26

나라를 다스려 천하를 화평하게 함 · 9

어질고 유능한 인재를 보고서도 등용하지 못하고, 등용하되 일찍이 하지 못함은 만홀漫忽함이요, 불선한 자를 보고서도 물리치지 못하고, 물리치되 멀리하지 못함이 과실이다.

사람들이 싫어하는 것을 좋아하고, 사람들이 좋아하는 것을 싫어하는 것, 이것을 '인간의 본성에 역행하는 것'이라고 하나니 재앙이 기어이 그 몸에 미치고야 말리라.

見賢而不能擧하며 擧而不能先함이 命(慢)也요 見不善而不能退하며 退而不能遠함이 過也이다. 好人之所惡하며 惡人之所好함을 是謂拂人之性이니 菑必逮夫身하리라.

㈜ · 先(선) : 청淸 유월兪樾의 『군경평의群經平議』에 선先 자는 근近

자의 잘못이라 했다. '견현운운見賢云云'과 '견불선운운見不善云云'의 절은 서로 대對가 되기 때문에 원遠과 상대되는 글자는 근近 자가 되어야 하는데, 근近과 선先은 전문篆文이 비슷하기 때문에 생긴 잘못이라고 했다. ▪命(명) : 정현은 만慢 자로, 정자는 태怠 자로 해야 한다고 했다. 명命과 만慢은 중국어로 발음이 비슷한 데서 온 잘못이겠으니 전자가 더욱 옳다고 하겠다. ▪拂(불) : 역逆의 뜻. ▪菑(재) : 재災와 같음. ▪逮(체) : 급及의 뜻. ▪夫身(부신) : 부夫는 구중조사句中助辭.

뜻풀이

앞 장에서 '인인仁人'만이 진정으로 사람을 사랑할 수 있고 미워할 수 있다고 했는데, 여기선 그 사랑하고 미워하는 도를 철저히 추구할 것을 말하고 있다. '어질고 유능한 인재'는 말할 것도 없이 사랑의 대상이 될 수 있다. 따라서 마땅히 등용할 만하고, 그것도 지체 없이 할 만하다. 그런데 "어질고 유능한 인재를 보고서도 등용하지 못하고, 등용하되 일찍이 하지 못하여" 만홀한 마음으로 현자를 대우함은 아직 사랑에 이르지 못함, 다시 말해서 선을 좋아함에 철저하지 못함이다.

불선한 자가 미워할 대상임은 물론이다. 따라서 물리쳐야 하고, 그것도 멀리, '사방 야만족 속으로 쫓아내야' 한다. 그런데 불선한 자를 보고서도 물리치지 못하고, 물리치되 멀리하지 못하고 임시 변통으로 얼버무려 결국 불선한 자를 용납하게 되는 과

172

실을 지음은 아직 악을 미워함이 철저하지 못함이다. 위와 같아선 아직 '인인'의 경지에 들 수 없다. 선을 좋아하고 악을 미워함을 철저히 실현하지 못하기 때문이다.

많은 사람이 한결같이 싫어하는 것은 악한 것들이요, 모든 사람이 한결같이 좋아하는 것은 선한 것들이다. 이것은 인간에게 보편·공통된 본성이요 '혈구지도絜矩之道'의 거점이다. 그런데 이 본성을 역행하여 사람들이 싫어하는 악한 것들을 좋아하고, 사람들이 좋아하는 선한 것들을 싫어한다면 재앙이 기어이 그 몸에 미치고 만다는 것이다.

앞 장에서 "남이 재능 가짐을 투기하여 증오하며, 남이 뛰어나게 어짊을 배척하여 통하지 못하게 하는 자"도 이에 속한다. 매우 '불인不仁'한 자이다.

27

나라를 다스려 천하를 화평하게 함·10

그래서 다스리는 지위에 있는 이에게는 대도大道가 있나니, 반드시 충신해야 얻고 교만하면 잃는다.

재물을 불어나게 하는 데에는 대방大方이 있나니, 생산하는 사람은 많고 그저 먹는 자가 적으며, 만드는 사람은 부지런히 하고 소비하는 자는 천천히 하면 재물은 항상 풍족하게 된다.

是故로 君子有大道하니 必忠信以得之하고 驕泰以失之한다. 生財有大道하니 生之者는 衆하고 食之者는 寡하며 爲之者는 疾하고 用之者는 舒하면 則財恒足矣하다.

뜻풀이

이 장의 첫머리는 앞 22장 「문왕」 장과 24장 중 「강고」 인용문의 뜻에 일단 근거했음은 주희도 말한 바 있다. 22장에서는 "민중을 얻으면 나라를 얻게 되고, 민중을 잃으면 나라를 잃게 된다"고 하여 민중과 나라를 두고 득실을 논했고, 24장에서는 "선하면 천명을 얻고 불선하면 잃는다"고 하여 천명을 두고 득실을 논했다.

이 장에서도 "반드시 충신해야 얻고 교만하면 잃는다"고 하여 역시 득실을 논하는데, 여기에서는 '대도'에 관련해서 말했다.

'대도'는 '혈구지도絜矩之道'를 가리킨다. 정현은 여기서 '도'를 '행위의 근거行所由'라고만 했고, 공영달은 정현의 해석에 바탕하여 대도를 '효·제·인·의의 대도'라 했으며, 주희는 나라를 다스리고 천하를 다스리는 자리에 있으면서 자신을 수양하고 남을 다스리는 방법, 즉 '수기치인지술修己治人之術'이라고 했다. 호운봉胡雲峯·등퇴암鄧退菴 같은 이들은 '혈구지도'라고 지적했다.

이들의 견해는 근본적으로 서로 배치되는 것들이 아니라 결국 어느 한 테두리 안에서 이웃하는 것들로서 어느 것이 옳다 그르다 할 성질은 못 된다. 단지 어느 것이 『대학』이 부분의 해석에 더 적실한가가 문제이다.

「전문 - 18」 '치국평천하' 장의 첫 부분에서 "이러므로 군자는 '혈구지도'를 지닌다"고 하여 '치국'·'평천하'의 핵심으로 혈구지도를 제시해 두었고, '치국평천하' 장의 내용 전반을 살펴보아 '혈구지도'를 기저로 전개되어 있다는 점에서, 이 장에서 말하는 군자를 위한 '대도'는 필경 '혈구지도'를 두고 말한 것일 것이다.

'혈구지도'는 위에서 말했듯이 '내 마음을 미루어 남의 마음을 헤아리는 도'이다. 따라서 이 도를 실현하려면 무엇보다 먼저 자신의 개성 안에 보편적인 인간성을 포용해야 한다. 개개인의 특성이 무시되는 보편화가 아니라 개개의 개성을 초극한 개성으로서 보편성과 완전하게 융화되어야 한다는 말이다. 달리 표현하면 개성을 더욱 넓고 깊게 함이요, 풍부하게 함이다. 가장 위대한 개성은 인간의 보편성을 최대한으로 포용한 개성이요, 동서고금의 현인·성자들이 다 그러했다. 그들은 '혈구지도'를 최대한으로 체득·실현한 사람들이라고 할 수 있다.

'혈구지도'는 인성의 보편성을 바탕으로 한 것이다. 그리고 그것을 체득하고 못하는 계기를 '충신'과 '교만'에다 두어 반드시 충신해야 얻고 교만하면 잃는다고 했다.

먼저 '혈구지도'를 체득하게 되는 '충신'이 어떤 내용의 것인지 구명해 보자.

주희는 '충'은 '스스로의 내부에서 움직여 자신의 마음을 다하는 것發己自盡'이고, '신'은 '사물의 이치와 도리에 순응하여 위배되지 않는 것循物無違'이라고 정의했다. 그리고 '충'은 '신의 바탕信之本'이요 '신'은 '충의 드러남忠之發'이라고 했다. 또 '충'과 '신'

두 개념을 결합하여 '충신'이란 "자신의 마음을 다해 사물의 이치와 도리에 위배되지 않음"이라고도 정의했다.

주희의 이 정의를 바꾸어 말하면 '충'은 '신'의 바탕으로서 인간의 깊은 내면에서 비롯되는 주체적인 움직임이요, '신'은 '충'이 발휘되어 보편성으로 융화됨이다. 한 마디로 '충신'은 '작은 나小我'를 진실한 '큰 나大我'로 확충함이라고 할 수 있다. 바로 개인의 개성이 보편성과 한 치 어긋남도 없이 융화되어 나와 나 아닌 사람·사물 사이에 간격을 두지 않음이다. 이렇게 해 감으로써 '혈구지도'를 체득하여 실현할 수 있다는 것이다.

이것은 보통 사람은 행할 수 없는, 크게 어려운 일이 아니다. 단지 그 범위와 정도가 얼마나 넓고 높으냐에 따라 인간의 넓이와 높이가 측정·평가될 수는 있어도 근본은 보통 사람이 일상에서 할 수 있는 데서부터 출발하는 것이다. 군자|위정자|의 경우에는 한결같이 진실한 자기 주체의 움직임으로 민심의 보편성에 합치되어 가야 한다는 의미이다.

'혈구지도'는 위정자뿐 아니라 오늘날 민주주의 사회의 민중 각자에게도 중요한 도이다. 민주주의가 대중간의 협조와 융화에 중대한 의의를 두고 있다면 '충신'을 통해 체득하는 '혈구지도'가 바로 그 협조와 융화를 이루는 길인 것이다. 손문孫文의 삼민주의 三民主義가 『대학』에서 영향을 받은 이유를 여기에서 알 수 있다.

다음 '혈구지도'는 교만하면 잃는다고 했다.

주희는 원문의 교驕를 긍고矜高, 태泰를 치사侈肆라고 했다. 다시 말해 '교태'는 독선·전횡이다. 위정자의 경우 이는 독재와 횡포로 나타난다. 호운봉胡雲峯은 "'교'는 뽐내고 고만高慢함이니 아래로 민중이 좋아하고 싫어하는 것을 함께 하기를 탐탁히 여기지 않는 것으로서, '혈구지도'가 아니다. '태'는 사치하고 방자함이니 반드시 백성들의 재물을 무절제하게 거두어들이는 지경에 이르는 것으로서 '혈구지도'가 아니다"고 말했다. 어쨌든 '교태'는 독선·이기·배타·비협조적인 정신 태도다.

'교태'하여 '혈구지도'를 체득·실현하지 못하면 종말에는 천하 사람들에게 주륙의 표적이 되는 것으로, 재앙이 "기어이 그 몸에 미치고야 만다"는 것이다.

군자가 민중과 천명을 얻고 못 얻고는 결국 '혈구지도'를 체득하느냐 못하느냐에 귀결된다고 할 수 있다. 앞에서 민중을 얻는 길은 덕을 잘 지키는 데 있다고 했고 선·불선으로 천명의 득실을 말하기도 했지만, '혈구지도'를 체득하는 것이 곧 덕이요 선이다. 득중得衆과 실중失衆, 득명得命과 실명失命의 근본은 '혈구지도'의 득실에 있고, '혈구지도'의 득실은 '충신'과 '교태'에 달렸다는 최후의 결론이니, 결국은 자기 내면의 문제로 귀결된 셈이다.

주희는 『주자어류·대학』에서 이렇게 말했다.

"처음엔 민중을 얻고 잃는 것을 말했고, 다음에는 선하면 얻고 불선하면 잃는다고 말하여 이미 핍절逼切했는데, 마지막으로 '충신'과 '교태'를 이끌어 분명히 했다. 이것은 마음의 문제에 나아가 득실의 이유를 도출하여 맺은 것이다. '충신'은 '천리'를 보존하는 방법이요, '교태'는 '천리'를 잃는 이유이다."

'천리'는 다름 아닌 인간에게 보편적으로 주어진 선한 본성이다. '혈구지도'를 체득하는 것은 오늘날의 정치에서도 여전히 중요한 문제가 아닐 수 없다.

이 장의 뒷 부분 "재물을 불어나게 하는 대방"은 고대의 소박한 재정론財政論이다. "생산하는 사람은 많고 그저 먹는 자가 적으며, 만드는 사람은 부지런히 하고 소비하는 자는 천천히 하면 재물은 항상 풍족하게 된다"는 것. 여대림呂大臨은 이렇게 설명했다. "나라에 떠도는 백성遊民이 없으면 생산하는 사람이 많게 되고, 조정에 요행으로 얻을 수 있는 자리가 없으면 그저 먹는 자는 적게 되는 것이다. 농사철에 일손을 빼앗지 않으면 만드는 것이 신속하게 되고, 수입을 헤아려 지출하면 소비가 더디게 된다."

'떠도는 백성'은 오늘날로 보면 실업자에 속하는 사람들이라고 할 수 있다. 그러나 오늘날의 실업자들은 대부분 일을 하고 싶어도 일터가 없어 못하는 객관적인 조건 때문에 발생한 실업이지만, 여기 『대학』에서 말하는 이들은 대체로 게을러서 제 스스로 생업을 팽개친 부류라고 할 수 있다.

'요행으로 얻을 수 있는 자리'는 정부 고관들이 실질적으로 별 필요도 없는 직책을 만들어서 그들이 총애하는 사람이나 가까운 이들을 앉혀 두고 국록을 놀고 먹게 하는 자리이다.

'농사철에 일손을 빼앗는다'는 것은 국가가 정벌이나 토목 공사 등을 일으켜서 백성들을 강제로 동원함으로써 농사지을 시기를 놓치게 하는 일이다. 그래서 고대의 정치에서는 '백성을 때에 맞게 부림使民以時'이 중요시되었다. 백성의 노동력을 동원해야 하는 일들은 겨울과 같은 농한기에 하라는 말이다.

결국 이 장 뒷부분의 의도는 재화가 나라를 다스리는 데 없어서는 안 될 것이긴 하지만, 반드시 외본내말外本內末, 즉 덕을 가벼이 여기고 재화를 무거이 하여야 국가의 재정이 풍족해지는 건 아니라는 말이다.

28

나라를 다스려 천하를 화평하게 함 · 11

인자는 재화로 몸을 일으키고 불인한 자는 몸으로 재화를 일으킨다.

윗사람이 인을 좋아하는데도 아랫사람들이 의를 좋아하지 않는 일이란 없는 법이다. 아랫사람들이 의를 좋아하고서 윗사람이 꾀하는 일이 이루어지지 못한 적은 아직 없었으며 곳간의 재화가 그의 재화가 되지 않은 적이 없었다.

仁者는 以財發身하고 不仁者는 以身發財한다. 未有上好仁而下不好義者也하니 未有好義하되 其事不終者也하며 未有府庫財가 非其財者也하다.

㊀ · 發(발) : 기起와 같은 뜻. · 終(종) : 성수成遂 · 완성의 뜻. · 府庫

(부고) : 부府는 재화를 간수하는 곳, 고庫는 거마병갑車馬兵甲을 간수하는 곳이라고 구별되어 있긴 하나 엄격한 것은 아니다. 통틀어 국가 재산을 저장하는 곳으로 알면 족하다.

뜻풀이

'인자'가 재화로 몸을 일으킨다는 것은 요즘 세태에서 항상 보듯 돈으로 민심을 매수하여 출세하는 따위는 아니다. 재화는 모든 사람에게 공통된 욕망임을 알고 자신이 바라는 것을 남들과 공유하여 저 혼자만이 독점하지 않음으로써 아름다운 이름을 얻고 중망衆望의 대상이 된다는 말이다.

　반대로 불인한 자가 몸으로 재화를 일으킨다는 것은 오로지 재물에만 눈을 밝혀 제 몸이 망하는 것조차 돌아보지 않고 그저 재물 모으기에만 급급하다는 말이다. 이런 나머지 가령 관직에 있는 자라면 백성들의 재물을 마구 빼앗아 취한다든지 하여 마침내 남이 차마 하지 못할 짓까지 하여 끝내는 그 재화가 패역하게 나가게 되고 몸을 망치고 만다. 거교鉅橋·녹대鹿臺의 재물을 쌓느라 마침내 자멸하기에 이른 상商의 주紂가 대표적인 경우이다.

　재화에 대한 욕구를 다른 이와 공유함도 '인'의 한 형태요, 그렇게 하는 것이 '인자'의 한 도리이다. 통치자인 경우 그 욕구를 민중과 함께 한다는 것은 더욱 중요한 일이다. 반대로 재화에 대한 욕구를 공유하지 않음은 불인의 한 양상이요, 또 불인한 자들이 그렇게 한다.

윗사람이 '인심仁心'으로 아랫사람을 대하면 아랫사람은 '충의忠義'로 윗사람을 받든다. 이것이 서로 간에 진실할수록 그를 위해 대신 죽을 수 있는 데에까지 나아갈 수 있다. 아랫사람의 입장에서는 윗사람이 하려는 일에 그 정도로 몸과 마음을 다 바친다는 말이다. 그래서 윗사람이 꾀하는 일이 이루어지지 못하는 적이 없다는 것이다. 또한 곳간의 재화가 패역하게 나가게 될 사태가 벌어질 근심이 전혀 없으니 모두 윗사람 자신이 '인'을 좋아한 데서 온 좋은 결과이다.

원문의 '미유부고재未有府庫財' 이하의 구절을 정현은 "임금이 인도仁道를 행하면 신하들은 반드시 의롭게 되어, '의'로 거사하여 이룩되지 않음이 없는 것, 꼭 그렇게 되는 것이 마치 곳간의 재물이 자기 소유가 되는 것과 같음을 말한다"고 하여, 그 앞 구절의 내용을 강조하기 위한 비유로 보았다. 공영달도 같은 생각으로 해석했으나 여기선 주희의 설을 취해 옮겼다.

29

나라를 다스려 천하를 화평하게 함 · 12

맹헌자가 말했다.

"수레 끄는 네 마리 말을 기르게 된 이는 닭·돼지 따위를 살피지 않고, 얼음을 채취하여 쓰게 된 집에서는 소·양 따위를 기르지 않는다. 백승의 집은 가혹하게 세금 거두는 신하를 기르지 않나니, 가혹하게 세금 거두는 신하를 두기보다는 차라리 도둑질하는 신하를 둘 것이다."

이것을 두고 '나라는 이리를 이롭다 여기지 않고, 의를 이롭다 여긴다'고 하는 것이다.

孟獻子曰 "畜馬乘은 不察於鷄豚하고 伐氷之家는 不畜牛羊하고 百乘之家는 不畜聚斂之臣하나니, 與其有聚斂之臣하느니 寧有盜臣한다."

184

此謂國은 不以利爲利요 以義爲利也이다.

㊟ ·乘(승) : 수레. 네 마리 말로 끌었다. ·與其(여기)~寧(녕) : '~
보다는 차라리 ~가 낫다'는 뜻. ·以利爲利(이리위리) : 앞의 '리利'는
재리財利, 뒤의 '리'는 이익·이로움의 뜻.

뜻풀이

맹헌자孟獻子는 춘추 시대 노魯나라의 어진 대부 중손멸仲孫蔑이
다. 헌자는 경卿이 되고서도 교만하지 않아 현자를 예우하고, 능
력 있는 사람 앞에서는 스스로를 낮추어 마치 지위가 없는 듯이
처신하였기 때문에 주위에 유능한 선비들이 많이 모였다. 50년
동안 국정을 보살폈는데 나라 사람들이 '사직지신社稷之臣'이라고
칭송했다고 한다.

먼저 "수레 끄는 네 마리 말을 기르게 된 이는 닭·돼지 따위를
살피지 않고, 얼음을 채취하여 쓰게 된 집은 소·양 따위를 기르
지 않는다"고 했다. 수레 끄는 네 마리 말을 기르게 된 이란 대부
의 신분을 말한다. 당시 제도에 대부가 되어야 네 마리 말이 끄는
수레를 탈 수 있었고, 따라서 그 말을 길렀다. 얼음을 채취하여
쓰게 된 집이란 장례나 제사 등에 스스로 얼음을 채취하여 쓸
수 있는 집으로 경·대부 이상의 신분을 가리킨다. 사士 이하는
특혜로 하사하지 않으면 얼음을 쓸 수 없었다.

닭·돼지·소·양 같은 가축을 기르는 것은 일반 백성들이 이

익을 얻기 위해 하는 일이다. 헌자는 경·대부 등 이미 국록을 먹게 된 이들은 이런 가축을 기르지 않는다고 하였다. 곧 국록을 먹게 되어 이미 백성들의 봉양을 누리는 이들은 일반 백성들이 이익을 취하는 일에 뛰어들어 백성들과 이익을 다투지 말 일이요, 백성들의 경제 영역을 침해하지 말아야 한다는 뜻이다.

그러나 이 장에서 헌자가 정작 하려는 말은 그 다음 구절 "백승의 집은 가혹하게 세금 거두는 신하를 기르지 않나니, 가혹하게 세금 거두는 신하를 두기보다는 차라리 도둑질하는 신하를 둘 것이다"고 한 말이다. 백승의 집은 경·대부의 신분을 말한다. 그들은 전쟁에 전투용 수레 백 승을 낼 수 있을 정도의 식읍을 가지며 거기에서 세금을 받고 가신을 두었다. 가혹하게 세금 거두는 신하란 백성에게서 가혹할 정도로 많은 재물을 거두어 윗사람 받드는 것을 능사로 아는 자요, 도둑질하는 신하는 자신이 섬기는 주인의 곳간에서 재물을 훔쳐내는 자이다.

그러니까 도둑질하는 신하는 기껏 자기 재물이나 축내는 데 그치고 백성을 괴롭히는 데까지는 이르지 않지만 가혹하게 세금 거두는 신하는 백성의 고혈을 빨아내어 민생을 병들게 하여 통치자로서의 '의'를 상하게 하는 자이다. 그래서 차라리 도둑질하는 신하를 두어 통치자 자신의 재물이 축나게 할지언정 차마 가혹하게 세금 거두는 신하를 두어 민생을 병들게 할 수 있겠느냐는 것이다. 자기 개인의 이익을 위해 떳떳한 '의'를 상하게 할 수는 없다는 말이다.

맹헌자와 반대의 인물로 공자가 가혹하게 세금 거두는 신하로 지목한 이가 같은 노나라 대부였던 계환자季桓子라는 사람이다. 『논어』「선진先進」에서 공자는 제자 염구冉求가 계환자 밑에서 벼슬을 하면서 계씨의 잘못을 바로잡지 못하고 도리어 거기에 보조했음을 알고 다른 제자들에게 "염구는 우리 무리가 아니다. 너희들은 북을 울려 그의 죄를 성토하라非吾徒也, 小子, 鳴鼓而攻之可也"고 일렀다. 우리 무리가 아니라 하고, 북을 울려 죄를 성토하라고 한 것은 성인인 공자로서는 자신의 제자에게 베푸는 더할 수 없이 통절한 질책이다. 무엇 때문인 질책인가? 그가 가르친 '인'과 '의'의 도를 실현하지 못했기에 하는 질책이다. 다시 말해 개인적인 이익을 위해 '의'를 상하게 했기 때문이다. 세금을 가혹하게 거두는 신하는 이미 백성을 해치는 자요 백성의 적인 것이다.

"나라는 이利를 이롭다 여기지 않고, 의를 이롭다 여긴다"는 말은 앞 맹헌자의 말을 풀이한 것으로 『대학』이 저술되기 이전부터 있었던 말로 보인다. 다음 장에서도 이 말로 결론하고 있다.

앞에서 '의'는 상하게 할 수 없다고 말했다. '의'는 『중용』에서는 '마땅함이다宜也', 『맹자』에서는 '사람의 길이다人路也'라 하고, 또 '자신의 잘못을 부끄럽게 여기고, 남의 잘못을 미워하는 마음은 의의 실마리다羞惡之心, 義之端'라고 하여 여러 가지로 설명되고 있으므로 그 개념 내용을 단순하게 볼 수는 없지만 한마디로 사람이 마땅히 행할 길이다. 이 '의'와 '이利'는 대립·상충되는 성질의 것으로 유가에서 중요하게 다루는 문제의 하나이다. 공자는 "'이'를 보면 '의'를 생각한다見利思義", "'이'만 따라 행하면 원怨이 많다放於利而行, 多怨", "불의로 부하고 귀하게 되는 것은 내겐 뜬구름 같다不義而富且貴, 於我如浮雲", "군자는 '의'에 밝고, 소인은 '이'에 밝다君子喩於義, 小人喩於利"는 등 '의'와 '이'의 문제를 거듭 논급했고, 맹자는 '이'를 기대한 양梁 혜왕惠王의 물음에 "왕은 어쩌면 꼭 '이'를 말씀하시오? 역시 '인의'가 있을 뿐이온데王何必曰利, 亦有仁義而已矣"라고 답해 『맹자』의 첫머리부터 '의'·'이'의 문제를 두고 논설을 펴고 있다.

'의'는 도덕적으로 당연한 도리요, '이'는 실질적으로 추구할 대상으로 양자가 번번이 대립·상충되는 것은 사실인데, 유교는 이 경우 '이'를 버리고 '의'를 취할 것을 역설한다. 그렇다고 '의'와 '이'가 항상 대립·상충되는 것만은 아니다. '의'와 상충되는 '이'는 주로 개인의 욕심을 채우고자 하는 사리私利이다. "'이'를 이롭다 여기지 않는다"고 한 '이'도 국가·국민을 위한 공리公利가 아니라 위정자들의 사리를 두고 말한 것으로 보아야 한다. 그것은 맹헌자의 말에서 이미 분명히 드러난 사실이다.

공리는 '의'의 영역으로 승화되는 것이다. 다시 말해서 개인의 욕심을 초월하여 공공을 위한 '이'는 '의'와 대립되거나 충돌되는 것이 아니라 '의'의 내용에 포괄된다는 말이다. 정이천程伊川은 "'의'와 '이'의 문제는 공公이냐 사私이냐의 문제일 뿐"이라고 했다. 정씨의 말은 '의'와 '사리'의 대립을 말한 것으로, '공리'는 바로 '의'와 일치된다는 것을 의미한다. 여기서 '공리'란 반드시 대중을 위한 '이'만을 의미하는 것은 아니다. 단 한 사람을 위해서도 자신의 개인적 욕심을 초극한, 남을 위한 '이'라면 이것이 바로 '공리'요 '의'이다.

'사리|이|'를 '공리公利|의|'보다 우선으로 내세워 강조하는 공리功利의 세계에서는 모든 가치 판단의 기준이 '이'에 귀결되고 만다. 그리하여 대상이 물질적이든 정신적이든, 심지어 인간 그 자체까지도 '이'의 기준으로 평가받게 된다. 정신적으로 아무리 고귀한 것이라도, 또 그러한 정신을 소유한 사람이라도 '이'를 위해 무용한 것이면 곧바로 쓸모 없는 것으로 인정되고 만다. 오로지 '이'의 많고 적음이 인간의 고하를 결정짓는 평가 기준이 된다. 그래서 이러한 세계에서는 '이'의 획득이 지상 목표가 되고, 마침내 그러한 목표를 가진, 즉 '이'를 우선으로 주장하고 나서는 무수한 개인들 사이에 극렬한 대립·투쟁이 벌어진다. 그리고 그 투쟁에서 이겨 '이'를 차지하기 위해 급기야는 어떠한 비인간적인 행위도 수단으로 구사되기에 이른다. 이런 상황에서 인간적인 모든 정신과 질서는 '이' 앞에서 유린되고 붕괴되어 간다. 다시 말해서 인간은 그 본래의 인간성을 상실해 가는 것이다. 인간이 인간

성을 상실해 간다는 것은 결국 인간이 인간 이하의 무엇으로 타락되어 감을 의미한다.

　맹자는 그의 『맹자』 「양혜왕梁惠王」에서 "진실로 '의'를 뒤로 미루고 '이'를 앞세우면 빼앗지 않고는 만족하지 못하는 상태가 된다苟爲後義而先利, 不奪不饜"고 했다. 이런 세계는 인간의 세계로서는 이미 파국으로 내닫는 세계이다. "'이'를 이롭다 여기지 않고, '의'를 이롭다 여긴다"는 말은 바로 이 시대를 위한 훌륭한 충언이요, 중대한 경고임을 우리는 부정할 수 없다. 이 장의 밑바탕에도 역시 '혈구지도'가 깔려 있다.

30

나라를 다스려 천하를 화평하게 함 · 13

국가의 우두머리가 되어 백성의 재화를 긁어모아 쓰기에만
힘쓰는 것은 반드시 소인들 때문이다. 그가 소인들이 하는 짓
을 도리어 가상히 여기고서 소인들에게 국가를 맡겨 다스리게
하면 끝내는 재해가 한꺼번에 닥쳐와 비록 유능한 자가 있더
라도 역시 어찌 할 수 없는 사태에 이르고 만다.

이것을 두고 '나라는 이를 이롭다 여기지 않고, 의를 이롭다
여긴다'는 것이다.

長國家而務財用者는 必自小人矣이다. 彼爲善之하여 小人之使爲國家
면 菑害가 並至하리니 雖有善者라도 亦無如之何矣리라. 此謂國은 不
以利爲利요 以義爲利也이다.

㊟ •長國家(장국가) : 한 나라의 영수領袖가 됨을 말함. •財用(재용) : 일반적인 뜻으로 '재'는 천곡泉穀, 즉 돈과 곡식이요, '용'은 화회貨賄, 즉 금옥金玉과 포백布帛이란 것이나 여기선 '재물을 긁어모아 자기를 위해 쓴다聚財爲己用'고 한 정현의 주석에 근거하여 옮겼다. •自(자) : 주희는 유由의 뜻으로 유월兪樾은 용用의 뜻으로 보았다. 주희를 따랐다. •善者(선자) : 유능한 사람이란 뜻.

뜻풀이

먼저 말썽이 되어 온 원문의 '피위선지彼爲善之'부터 해결할 필요가 있다. 주희는 이 구의 앞뒤에 빠진 내용이나 오자가 있을 것이라고 의심했으나, 앞뒤 내용과 전혀 통하지 않거나 무리가 있지 않는 한 삭제할 필요는 없다. 그러나 이 구에 대한 해석이 구구한 건 사실이다.

정현은 '피'를 임금|장국가자長國家者|의 대명사로 보고 "임금이 장차 '인의'로 정치를 선하게 하려고 해도 소인에게 국가의 일을 맡겨 다스리게 하면……"이라고 했고, 공영달도 정씨와 거의 같은 생각으로 "피彼는 군君을 말한다. 임금이 인의의 도를 행하기 위하여 정교政敎하는 말을 선하게 하려는 것이다"고 풀이했다.

유월은 『군경평의群經平議』에서 '피'를 소인의 대명사, '선'은 능能과 같은 뜻으로 보았다. 그리고 바로 그 앞 '필자소인必自小人'을 '반드시 소인을 씀必用小人'으로 해석하고, 이 '피위선지'는 '반드시 소인을 쓰는' 까닭을 설명한 것으로 보아 "국가의 우두머리가 되어 재용財用을 힘쓰는 데에 반드시 소인을 기용하는 까닭은 재용의 일에 힘쓰는 것은 오직 그│소인│가 잘하기 때문임을 말한다"고 풀이했다.

셋째의 견해는 '피'를 '장국가자'의 대명사, '선'을 가상하다는 뜻, '지'는 소인을 가리키는 대명사로 보고서 번역문과 같은 해석을 내리는 것이다. 이 견해는 등퇴암鄧退菴의 『사서보주비지四書補註備旨』에 나타난 것인데, 역자가 보기에는 가장 온당한 견해일 것 같다.

군주정치 시대라고 해서 정치를 하나에서 열까지 모두 군주 혼자서 맡아 처리했던 것은 물론 아니다. 요즘의 각료에 해당하는 대신·중신이 있었고 아래로 백관이 있어 정책을 결정하고 시행했던 것이다. 따라서 군주 자신의 현賢·불초不肖에 못지 않게 국가의 치란이 이 신하들의 자질에 좌우되었다. 말하자면 군자를 등용하느냐 소인을 등용하느냐에 따라 정치의 잘잘못이 갈리는 것이다. 본래 영특한 군주는 군자와 소인을 잘 알아보아서 소인을 배척할 줄 알지만 그렇지 못한 군주들은 자칫 소인들의 함정에 빠지기 일쑤이고 역사상 그 예는 허다하다.

한번 소인의 장막에 가리게 되면 군주는 끝없는 혼미 속으로 침몰해 간다. 조정에서 소인은 간신배들이다. 이들 간신배들은 백성의 사정을 살펴보기 이전에 '용안龍顔'의 기미에 민감한 자들이다. 군주 개인의 호오好惡에 영합하여 자신들의 지위를 확보하고 영달을 도모하는 자들로서 근본은 사리사욕을 채워 이기利己하는 자들이다. 그래서 사태가 불리해지면 임금을 가장 먼저 배반하는 자들도 이들 가운데 있다.

어쨌든 이들은 자신을 위해서 우선 군주의 비위를 맞추어야겠으므로 백성들의 재물을 긁어모아서 군주의 모든 욕망을 맘껏 채워 준다. 혼미에 빠진 군주는 간신들의 그러한 영합을 자기에게 가장 충성하는 신하가 하는 일이라 오인하여 받아들인다. 그래서 도리어 가상히 여기고서 소인들에게 국가를 맡겨 다스리게 한다. 이렇게 군주가 끝내 혼미에서 깨어나지 못하고, 간신의 발호가 그치지 않을 때 국가의 기강은 무너지고 민생은 도탄에 빠져 백성들의 원성이 하늘을 찌르게 된다.

여기서도 돌아서지 않으면 마침내 임금 자신이 죽고 나라가 망하는 걷잡을 수 없는 사태가 벌어지고 만다. "재해가 한꺼번에 닥쳐와 비록 유능한 자가 있더라도 역시 어찌 할 수 없는 사태에 이르고 만다"는 말이다. 재災는 천재天災, 해害는 인해人害이다. 전자는 통치자가 어질지 못하면 하늘이 그 나라에 한발이나 홍수 같은 재앙을 내린다는 천인감응사상天人感應思想에서 나온 것이요, 후자는 주로 민중 봉기를 두고 말한다. 사태가 이 지경에 이르면 설령 조정에 더러 유능한 자가 있더라도 이미 진압할 수 없다는 것이다. 민중은 양같이 순하지만 성나면 사자가 된다. 때문에 위정자일수록 '사리'를 삼갈 것을 거듭 경고하고 있다.

위정爲政의 대도大道는 예와 지금이 다를 게 없다. 정政은 정正이다.

大學古本

— 錄自『小戴禮記』 —

大學之道, 在明明德, 在親民, 在止於至善. 知止而后有定, 定而后能靜, 靜而后能安, 安而后能慮, 慮而后能得. 物有本末, 事有終始, 知所先後, 則近道矣. 古之欲明明德於天下者, 先治其國; 欲治其國者, 先齊其家; 欲齊其家者, 先脩其身; 欲脩其身者, 先正其心; 欲正其心者, 先誠其意; 欲誠其意者, 先致其知; 致知在格物. 物格而后知至, 知至而后意誠, 意誠而后心正, 心正而后身脩, 身脩而后家齊, 家齊而后國治, 國治而后天下平. 自天子以至於庶人, 壹是皆以脩身爲本. 其本亂, 而末治者否矣. 其所厚者薄, 而其所薄者厚, 未之有也. 此謂知本; 此謂知之至也. 所謂誠其意者, 毋自欺也. 如惡惡臭, 如好好色, 此之謂自謙. 故君子必愼其獨也. 小人閒居爲不善, 無所不至, 見君子而后厭然揜其不善, 而著其善. 人之視己, 如見其肺肝然, 則何益矣? 此謂誠於中, 形於外. 故君子必愼其獨也. 曾子曰:"十目所視, 十手所指, 其嚴乎!"富潤屋, 德潤身, 心廣體胖, 故君子必誠其意. 詩云:"瞻彼淇澳, 菉竹猗猗. 有斐君子, 如切如磋, 如琢如磨, 瑟兮僩兮, 赫兮喧兮, 有斐君子, 終不可諠兮."如切如磋者, 道學也. 如琢如磨者, 自修也. 瑟兮僩兮者, 恂慄也. 赫兮喧兮者, 威儀也. 有斐君子, 終不可諠兮者, 道盛德至善, 民之不能忘也. 詩云:"於戲! 前王不忘."君子賢其賢而親其親, 小人樂其樂而利其利, 此以沒世不忘也. 康誥曰:"克

明德." 太甲曰: "顧諟天之明命." 帝典曰: "克明峻德." 皆自明也. 湯之
盤銘曰: "苟日新, 日日新, 又日新." 康誥曰: "作新民." 詩曰: "周雖舊
邦, 其命惟新." 是故君子無所不用其極. 詩云: "邦畿千里, 惟民所止."
詩云: "緡蠻黃鳥, 止于丘隅." 子曰: "於止, 知其所止, 可以人而不如
鳥乎?" 詩云: "穆穆文王, 於緝熙敬止." 爲人君, 止於仁, 爲人臣, 止於
敬. 爲人子, 止於孝. 爲人父, 止於慈. 與國人交, 止於信. 子曰: "聽
訟, 吾猶人也; 必也使無訟乎!" 無情者, 不得盡其辭, 大畏民志, 此謂
知本. 所謂脩身在正其心者; 身有所忿懥, 則不得其正; 有所恐懼, 則
不得其正; 有所好樂, 則不得其正; 有所憂患, 則不得其正. 心不在
焉, 視而不見, 聽而不聞, 食而不知其味. 此謂脩身在正其心. 所謂齊
其家在脩其身者; 人, 之其所親愛而辟焉, 之其所賤惡而辟焉, 之其所
畏敬而辟焉, 之其所哀矜而辟焉, 之其所敖惰而辟焉; 故好而知其惡,
惡而知其美者, 天下鮮矣. 故諺有之曰: "人莫知其子之惡, 莫知其苗
之碩." 此謂身不脩, 不可以齊其家. 所謂治國必先齊其家者, 其家不
可教, 而能教人者, 無之. 故君子不出家, 而成教於國. 孝者, 所以事
君也; 弟者, 所以事長也; 慈者, 所以使衆也. 康誥曰: "如保赤子." 心
誠求之, 雖不中, 不遠矣. 未有學養子, 而後嫁者也. 一家仁, 一國興
仁; 一家讓, 一國興讓; 一人貪戾, 一國作亂; 其機如此. 此謂一言僨

事, 一人定國. 堯舜帥天下以仁, 而民從之; 桀紂帥天下以暴, 而民從之. 其所令, 反其所好, 而民不從. 是故君子有諸己, 而后求諸人; 無諸己, 而后非諸人. 所藏乎身不恕, 而能喻諸人者, 未之有也. 故治國在齊其家. 詩云: "桃之夭夭, 其葉蓁蓁. 之子于歸, 宜其家人." 宜其家人, 而后可以教國人. 詩云: "宜兄宜弟." 宜兄宜弟, 而后可以教國人. 詩云: "其儀不忒, 正是四國." 其爲父子兄弟足法, 而后民法之也. 此謂治國在齊其家. 所謂平天下在治其國者; 上老老, 而民興孝; 上長長, 而民興弟; 上恤孤, 而民不倍. 是以君子有絜矩之道也. 所惡於上, 毋以使下; 所惡於下, 毋以事上; 所惡於前, 毋以先後; 所惡於後, 毋以從前; 所惡於右, 毋以交於左; 所惡於左, 毋以交於右; 此之謂絜矩之道. 詩云: "樂只君子, 民之父母." 民之所好好之, 民之所惡惡之, 此之謂民之父母. 詩云: "節彼南山, 維石巖巖. 赫赫師尹, 民具爾瞻." 有國者不可以不愼; 辟, 則爲天下僇矣. 詩云: "殷之未喪師, 克配上帝. 儀監于殷, 峻命不易." 道得衆則得國, 失衆則失國. 是故君子先愼乎德; 有德此有人, 有人此有土, 有土此有財, 有財此有用. 德者, 本也; 財者, 末也. 外本內末, 爭民施奪. 是故財聚則民散, 財散則民聚. 是故言悖而出者, 亦悖而入, 貨悖而入者, 亦悖而出. 康誥曰: "惟命不于常." 道善則得之, 不善則失之矣. 楚書曰: "楚國無以爲寶, 惟善以爲寶." 舅犯曰: "亡人無以爲寶, 仁親以爲寶." 秦誓曰: "若有一介臣, 斷斷兮, 無他技, 其心休休焉, 其如有容焉; 人之有技, 若己有之; 人之彦聖, 其心好之, 不啻若自其口出; 寔能容之. 以能保我子孫黎民, 尙亦有利哉! 人之有技, 媢嫉以惡之; 人之彦聖, 而違之俾不通; 寔不能容. 以不能保我子孫黎民, 亦曰殆哉!"唯仁人放流之, 迸諸四夷, 不與同中國. 此謂唯仁人爲能愛人, 能惡人. 見賢而不能擧, 擧而不能先, 命也; 見不善而不能退, 退而不能遠, 過也. 好人之所惡, 惡人之所好, 是謂拂人之性, 菑必逮夫身. 是故君子有大道, 必忠信以得之, 驕泰以失之. 生財有大道, 生之者衆, 食之者寡, 爲之者疾, 用之者舒, 則財恒足矣. 仁者以財發身, 不仁者以身發財. 未有上好仁, 而下不好義者也; 未有好義, 其事不終者也; 未有府庫財, 非其財者也. 孟獻子曰: "畜馬乘, 不察於鷄豚; 伐氷之家, 不畜牛羊; 百乘之家, 不畜聚斂之臣; 與其有聚斂之臣, 寧有盜臣." 此謂國不以利爲利, 以義爲利也. 長國家而務財用者, 必自小人矣. 彼爲善之, 小人之使爲國家, 菑害竝至, 雖有善者, 亦無如之何矣. 此謂國不以利爲利, 以義爲利也.

대학장구大學章句 서문

『대학大學』이라는 책은 옛날 태학太學|이 책 첫머리 '대학의 뜻……'
참조|에서 사람을 가르치던 법이다.

하늘이 사람을 내릴 때에 모두에게 이미 인·의·예·지의 '성
性'을 부여해 주었다. 그러나 그 타고난 기질은 한결같을 수가 없
는 것이다.|청清·탁濁·수粹·박駁의 차이가 있다는 뜻| 이 때문에 모
든 사람이 다 자기의 '성'이 지닌 바|인·의·예·지를 가리킴|를 깨
달아서 그것을 온전히 할 수 있는 것은 아니다. 그래서 총명하고
예지로워 그 '성'을 훌륭히 다 발휘할 수 있는 이가 그들 가운데에
출현하면 하늘이 반드시 그를 만백성의 군사君師|군주는 백성의 스
승이라고 생각했다|가 되게 하여, 그에게 명하여 그들을 다스리고
가르쳐 각자 그 본연의 '성'을 회복하게 했다. 이것이 복희伏羲·
신농神農·황제黃帝·요堯·순舜|모두 중국 상고 전설의 성왕들이다|

하늘을……세우게
: 성인聖人이 '천명'
을 받아 천자의 자
리에 올라 자신이
인간으로서 최고의
본보기가 되어 민
중에게 불역不易의
준칙을 제시해 준
다는 뜻.

등이 하늘을 이어 만민의 준칙을 세우게● 된 소
이이며, 사도司徒|교육을 맡은 벼슬. 요즘의 문교 책
임자|의 직책과 전악典樂|음악을 맡은 관원. 음악은
교화의 중요 수단이었음|의 관직이 설치되었던 연
유이다.

삼대三代|하夏·은殷·주周|가 융성했을 때에 그 법제가 점차 갖추어진 뒤에는 왕궁王宮과 국도國都에서 시골 마을에 이르기까지 학교가 없는 곳이 없었다. 그리하여 사람이 나서 여덟 살이 되면 왕공王公 이하 서인庶人에 이르기까지 모든 이의 자제들을 다 소학小學|이 책 첫머리 '대학의 뜻……' 참조|에 입학시켜 물 뿌리어 쓸고灑掃, 응대應對하고, 나아가고 물러가는進退 등의 절도와, 예법·가악歌樂·활쏘기·말馬 몰기·문자·산수|이것들이 육예六藝이다| 등에 관한 초보적인 것을 가르쳤고, 열다섯 살이 되면 천자의 아들들부터 공경·대부·원사元士*의 적자嫡子들과 일반 백성 중 빼어난 자에 이르기까지 모두 태학에 입학시켜 이치를 탐구하고窮理 마음을 바르게 하며正心, 자신을 닦고修己 남을 다

공경·대부·원사元士 : 경·대부·사는 각각 상·중·하의 계급이 있었다. 원사는 천자의 상사.

스리는治人 방도를 가르쳤다. 이는 학교 교육의 대·소 등급이 나뉘는 소이이다.

이처럼 광범위하게 학교를 설치하고 그곳에서 가르치는 차례와 절목이 또 이토록 자상하였으나, 교육 내용은 모두 임금이 몸소 실천하고 마음으로 깨달은 바를 바탕으로 하였고, 백성들이 나날의 생활에서 쓰는 평범한 도리 이외의 것을 추구하지 않았

다. 그러므로 그 시대의 사람들은 배우지 않은 이가 없었고, 배운 사람들은 자기의 본성 속에 본래 갖추어진 바|인·의·예·지를 가리킴|와 마땅히 해야 할 일|오륜을 기간으로 하는 모든 윤리를 말함|을 알아 저마다 힘껏 노력하였다. 이것이 옛날 융성하던 때에 치도治道가 위에서 일어나고 풍속이 아래에서 아름답게 된 소이로서 후세에서 능히 미칠 수 없는 점이었다.

주나라가 쇠미해짐에 따라 현성賢聖한 임금이 나오고 않고, 학교에 관한 정사가 제대로 이루어지지 않아서 교화는 쇠퇴하고 풍속은 무너졌다. 당시 공자 같은 성인이 계셨으나 군사君師의 지위를 얻어 정교를 행할 수 있는 처지가 못 되시었다. 그래서 홀로 선왕의 법을 취하여 입으로 전하여 후세에 알리셨다. 「곡례曲禮」·「소의少儀」·「내칙內則」·「제자직弟子職」° 같은 편들은 그 전 소학에서 가르쳤던 것들이요, 이 「대학」 편은 소학의 공부를 마치는 단계에서 시작하여 대학의 '밝은 법'을 드러낸 것으로 밖으로는 그 규모|삼강령三綱領을 가리킴|가 더 없이 크고 안으로

「곡례」……「제자직」: 「곡례」·「소의」·「내칙」은 모두 『예기』의 편명. 「곡례」는 길례吉禮·흉례凶禮·빈례賓禮·군례軍禮·가례家禮의 오례를 다루었고, 「소의」는 상견相見·천수薦羞 따위의 자잘한 의절을, 「내칙」은 주로 가정 내에서의 예법을 다루었다. 「제자직」은 『관자管子』의 한 편으로 전해 오는데, 제자가 스승을 섬기는 온갖 예법을 다루었다.

는 그 절목|팔조목八條目을 가리킴|이 더할 나위 없이 상세하다.

삼천문도三千門徒|공자 제자가 3천이었다고 함| 중에 그 강설을 듣지 않은 이 없었지만 유독 증씨曾氏|증자. 이름은 삼參, 자는 자여子輿|가 그 가르침의 핵심을 파악하고, 해설을 지어 그 뜻을 분명히 밝힌 것이다.● 맹자가 세상을 떠나게 되자 그 전승의 계통이 무너져 없어지고, 따라서 비록 책은 남아 전해 왔지만 뜻을 아는 사람은 드물었다.

삼천문도……것이다 : 『대학』전문傳文을 증자가 지었다고 밝히는 대목이다.

그때 이래로 세속의 선비들이 기송記誦|고서를 읽고 암송하나 응용·실천이 없는 학문|과 사장詞章|시·부·송頌·잡문 등 예술적 문사|을 익히는 노력은 소학에서 하던 공부의 배나 되었으나 쓸데가 없었고, 이단인 허무와 적멸寂滅의 교教|허무의 교는 도가류, 적멸의 교는 불교|는 고답高踏하기 대학을 넘어서나 알맹이가 없었다. 그 밖에 권모술수로 공명을 이루는 모든 학설|관중管仲·상앙商鞅의 학술|과 백가百家·중기衆技의 유파들|기타 제자백가의 말류| 등 세상을 현혹시키고 백성을 속이며 '인'·'의'를 막는 것들이 또 그 사이에 어지럽게 섞여 나와, 군자들이 불행히도 대도大道의 요체를 들을 수 없게 되고, 소인|민중|이 불행히도 훌륭한 다스림의 은택을 입지 못하게 되었다. 그리하여 혼암昏暗하고

침체되며 깊은 병폐가 반복되어 오다가 쇠미한 말세인 오대五代
|당과 송 사이, 후량·후당·후진·후한·후주의 5왕조가 난립하던 시대|
에 이르러서는 괴란壞亂이 극도에 달했다.

천운은 순환하는지라 가고 돌아오지 않는 것이 없어 송나라의
덕이 융성하여 정치와 교화가 아름답고 밝게 되었다. 이에 하남
河南 정씨程氏 두 부자夫子*가 출현하여 맹씨孟氏|맹자|가 전한 가

정씨 두 부자 : 명도明道 정호
程顥와 이천伊川 정이程頤 형
제. 둘 다 염계濂溪 주돈이周
敦頤에게 수학했으며 송대 성
리학 수립에 중요한 인물. 부
자夫子란 원래 대부에 대한 경
칭이었는데 공자가 노나라 대
부가 된 뒤로 '부자'라 불렀고
그때부터 사장師長의 의미로
서 학덕에 대해 붙이는 최고
존칭이 되었다.

편차를 정돈하여 : 『예기』에
수록된 「대학」 고본의 순서가
엉클어져 있던 것을 바로잡은
일을 말한다.

르침에 접하고서 비로소 이『대학』편을
높이고 믿어 선양하기 시작했으며, 또
그 편차를 정돈하여* 귀착되는 깊은 의
미를 밝혀 내었다. 이런 뒤에야 옛날 태
학에서 사람 가르치던 법과 성인이 지은
경문經文과 현인이 지은 전문傳文의 뜻이
다시 분명하고 밝게 세상에 밝혀졌으므
로 불민한 이 희熹도 다행히 사숙하여 이
에 관해 들을 수 있게 되었다.|주희는 정씨
형제보다 대략 1세기 정도 뒷사람이다|

돌아보건대 그래도 그 책이 자못 흐트러져 있기에 스스로의
고루함도 잊고서 구절들을 찾아내어 모으고|『대학』고본의 편차 정

리는 주희가 완성했음| 중간에 또 사사로이 나의 의견을 붙여 그 빠진 데를 보충하여|주희는 『대학』에 누락된 1장을 보충한 일이 있음| 후세의 군자를 기다린다. 분수에 넘치는 짓을 하였으니 죄를 모면할 길이 없음을 잘 알고 있으나, 국가가 백성을 교화하고 훌륭한 풍속을 이룩하려는 의도와 배우는 이들이 자신을 닦고 남을 다스리는 방도에는 적으나마 반드시 보탬이 없지는 않을 것이다.

순희淳熙|송 효종孝宗의 연호| 기유己酉|송 효종 16년, 서기 1189년. 주희 60세| 2월 갑자일에 신안新安 주희朱熹는 서序한다.

大學之書는 古之大學所以敎人之法也이다. 蓋自天降生民함에 則旣莫不與之以仁義禮智之性矣하되 然이나 其氣質之稟이 或不能齊라서 是以로 不能皆有以知其性之所有而全之也하므로 一有聰明睿智能盡其性者가 出於其間하면 則天必命之하여 以爲億兆之君師하여 使之治而敎之하여 以復其性케 하니 此는 伏羲神農黃帝堯舜이 所以繼天立極하여 而司徒之職과 典樂之官을 所由設也이다. 三代之隆에 其法이 寢備하니 然後에 王宮國都에서 以及閭巷까지 莫不有學하여 人生八歲에는 則自王公以下부터 至於庶人之子弟까지 皆入小學하여 而敎之以灑掃

應對進退之節‧禮樂射御書數之文하고 及其十有五年하면 則自天子之元子衆子부터 以至公卿大夫元士之嫡子와 與凡民之俊秀까지 皆入大學하여 而敎之以窮理正心修己治人之道하니 此는 又學校之敎에 大小之節이 所以分也이다. 夫以學校之設에 其廣이 如此하고 敎之之術에 其次第節目之詳이 又如此하되 而其所以爲敎는 則又皆本之人君躬行心得之餘하고 不待求之民生日用彝倫之外하였다. 是以로 當世之人이 無不學하고 其學焉者는 無不有以知其性分之所固有‧職分之所當爲하여 而各俛焉以盡其力하니 此는 古昔盛時에 所以治隆於上하고 俗美於下하여 而非後世之所能及也이다. 及周之衰하여 賢聖之君이 不作하고 學校之政이 不修하여 敎化가 陵夷하고 風俗이 頹敗하였다. 時則有若孔子之聖하되 而不得君師之位하여 以行其政敎하였다. 於是에 獨取先王之法하여 誦而傳之하여 以詔後世하니 若曲禮‧少儀‧內則‧弟子職諸篇은 固小學之支流餘裔요 而此篇者는 則因小學之成功하여 以著大學之明法하니 外有以極其規模之大하고 而內有以盡其節目之詳者也하다. 三千之徒가 蓋莫不聞其說이나 而曾氏之傳이 獨得其宗하였다. 於是에 作爲傳義하여 以發其意하나 及孟子沒하여 而其傳이 泯焉하니 則其書는 雖存하나 而知者는 鮮矣하였다. 自是以來로 俗儒記誦詞章之習이 其功은 倍於小學而無用하고 異端虛無寂滅之敎는 其高가

過於大學而無實하고 其他權謀術數인 一切以就功名之說과 與夫百家
衆技之流로서 所以惑世誣民하여 充塞仁義者가 又紛然雜出乎其間하
여 使其君子로 不幸而不得聞大道之要하고 其小人으로 不幸而不得蒙
至治之澤하여 晦盲否塞하고 反覆沈痼하여 以及五季之衰而壞亂極矣
하였다. 天運循環하여 無往不復하니 宋德隆盛하여 治敎가 休明하였
다. 於是에 河南程氏兩夫子가 出하여 而有以接乎孟氏之傳하고 實始
尊信此篇하여 而表章之하며 旣又爲之次其簡編하여 發其歸趣하였다.
然後에 古者大學敎人之法과 聖經賢傳之指가 粲然復明於世하니 雖以
熹之不敏으로도 亦幸私淑而與有聞焉하였다. 顧其爲書하니 猶頗放失
하므로 是以로 忘其固陋하고 采而輯之하며 間亦竊附己意하여 補其闕
略하고 以俟後之君子하노니 極知僭踰無所逃罪하거니와 然이나 於國
家化民成俗之意와 學者修己治人之方엔 則未必無小補云하리라.
淳熙己酉二月甲子에 新安朱熹는 序한다.